MARCO BALZANO

LE DERNIER ARRIVÉ

Traduit de l'italien
par Nathalie Bauer

10
18

PHILIPPE REY

Titre original :
L'ultimo arrivato

ISBN : 978-2-264-06893-4
Dépôt légal : août 2020

À Caterina

Mais d'eux aussi, que savons-nous, tous deux,
toi qui en parles si bien, moi dont les mots
ne servent qu'à traquer les fantômes du passé
dans l'ombre de ces murs –
en particulier des murs extérieurs de l'usine,
que la visite aborde, à la fin ?

Vittorio SERENI,
« Une visite en usine »

Il est apparu soudain dans la cour à l'heure de la promenade et l'a traversée comme s'il s'agissait d'une rue de San Cono. Il marchait de son pas lourd en abattant les pieds ainsi qu'il aurait foulé du raisin. Il serrait encore entre ses mains sa vieille sacoche de cuir tout éraflée. À sa vue, j'ai senti la fumée de ma cigarette se coincer dans ma gorge, tout comme les mots que j'avais envie de lui crier : « Hé ! Monsieur le maître ! Vous vous souvenez de moi ? Je suis Ninetto Sac-d'os ! » en lui adressant un sourire de mes dents jaunies par le tabac. Je n'ai rien dit, et il s'est éclipsé en toute hâte derrière la grille qu'un geôlier lui a ouverte. Bouche bée, les yeux rivés sur l'espace vide, je me suis demandé si ç'avait été un rêve ou la réalité. J'ai attendu que l'obscurité ait tout envahi pour m'écarter du trou. Alors je me suis allongé sur mon matelas pourri et, les mains derrière la tête, les paupières fermées, j'ai commencé.

Un

Avant de me surnommer Sac-d'os, les élèves de l'école primaire de la via dei Ginepri m'appelaient le Gueulard. Je n'ai pas oublié leurs trente-quatre visages, même si je me rappelle surtout celui de Peppino, aux cheveux aussi raides que des doigts dans une prise de courant. Ensemble, on s'amusait à faucher le sandwich à la mortadelle qui servait de goûter à Ettore Ragusa, le fils du boucher. Chaque fois qu'il s'en apercevait, Ragusa poussait un cri encore plus aigu que les miens et pleurait comme une fontaine. Alors, on le rejoignait, la bouche graisseuse, et, en guise de consolation, on lui lançait, l'air désolé : « Enfin, Ettore… on ne chiale pas pour de genre de trucs », « Quand un sandwich crève, on en prépare un autre, va ! » De temps en temps, pris de remords, je disais à Peppino qu'on exagérait peut-être.

« Mais non, voyons ! Ce cocu est plus large que haut, et il a tous les jours des pâtes à ses repas. Toi, qu'est-ce que tu as ?

— Des anchois », répondais-je.

Jusqu'à l'âge de neuf ans, j'ai vécu d'anchois. Ou, plutôt, d'un anchois par jour. Le matin, ma mère le tirait d'un bocal en verre incrusté de vieux sel.

Elle l'écrasait sur une tranche de pain qu'elle appelait « pain de mie » et m'ordonnait de ne plus m'approcher de la cuisine jusqu'au soir.

« File », répétait-elle avec un geste de général.

Au bout de deux heures, je tendais l'oreille vers mon ventre d'où s'élevaient des bruits étranges. Des gargouillements, des râles, des remous – j'ignore comment les qualifier. Alors, si un copain dont le corps disposait d'aussi peu de calories que le mien me proposait de commettre un vol, j'acceptais immédiatement. Il était facile de piquer des fruits dans les cagettes en bois que les vieilles conservaient sur le pas de leur porte. Tandis que Peppino les distrayait, je fourrais des pêches sous mon maillot de corps ou dans mon slip. Voler dans les habitations de deux ou trois villageois gâteux était plus compliqué. En général, comme j'avais du bagout, je faisais le guet pendant que Peppino, Ciccillo, Berto ou un autre affamé se faufilait derrière moi pour fouiller au hasard dans un tiroir. On se constituait parfois un beau butin, mais la plupart du temps on ramassait trois fois rien. Des quignons de pain, des nougats, un œuf à gober. Le plus dur, c'était de faucher dans l'épicerie de Turuzzu : d'une part, la boutique était si dégueulasse que vous aviez envie de vous sauver avant même d'y entrer ; d'autre part, Turuzzu était rapide et vous bottait les fesses lorsqu'il vous coinçait. Pour s'aventurer chez lui, il fallait avoir la pression sanguine d'un lézard, sinon mieux valait éviter.

Avec le temps, j'ai compris que nous étions nombreux, à San Cono, à suivre le même régime, et je me suis résigné. Tôt ou tard, nous nous sommes tous résignés. Un anchois ? D'accord ! Quand on est petiot, on ne se démoralise pas facilement. Bien sûr, tant que je fréquentais l'école, c'était une chose. Assis à un pupitre toute la matinée, j'écoutais M. Vincenzo, le maître, et on en restait là. Mais lorsque, la nuit du 10 octobre 1959, ma mère fut victime d'une crise d'apoplexie qui la priva définitivement de toutes ses facultés, ce fut une autre paire de manches : il me fallut aller aux champs avec mon père trimer à la journée.

J'ai beau ne le lui avoir jamais dit, M. Vincenzo était la personne que je préférais, après Peppino. Je l'aimais davantage que mon père, Rosario. Il n'était pas rasoir et ne me frappait pas quand je rentrais la veste déchirée, ou les genoux égratignés ; surtout, il nous lisait des poèmes. De Giovanni Pascoli[1] en particulier. Et il ne nous obligeait pas à tout comprendre au vol. C'était d'abord une question de musique.

« Nous nous occuperons du sens plus tard ! » répétait-il en voyant la perplexité se peindre sur nos visages.

Après avoir récité le poème en marchant entre les rangs, il nous ordonnait de le retranscrire dans notre cahier car « recopier signifie apprendre ! » affirmait-il, sa canne brandie pour nous intimer le silence.

M. Vincenzo était pour moi comme un ami, il n'y a pas à tortiller. D'ailleurs, on se voyait en dehors de l'école. Ou plutôt, j'étais la première personne qu'il rencontrait, étant donné qu'on était voisins de palier. On avait rendez-vous au coin de la via Archimede à 7 h 30. Quand je l'apercevais au loin, je claquais les mains sur mes jambes pour secouer les poils de mon minou et me précipitais vers lui. Sans tarder, je lui annonçais que j'avais omis de faire la version en prose pour la bonne raison que transformer un poème était

1. Ce poète (1855-1913) a célébré notamment la vie rurale et l'Antiquité. *(Toutes les notes sont de la traductrice.)*

une sale opération. M. Vincenzo ne me grondait pas, il me demandait juste si je l'avais appris.

« Bien sûr ! Vous voulez que je vous le récite ?

— Pas maintenant.

— Vous me donnerez une mauvaise note ?

— Si tu ne l'as pas appris. »

Une mauvaise note ? Voyons, je connaissais tous les poèmes par cœur et j'obtenais toujours un « Remarquable » ! De retour chez moi, j'agitais mon cahier en l'air pour montrer l'inscription au stylo rouge et réclamais en guise de récompense un morceau de chocolat ou quelques pièces pour me l'acheter. Tout ça, je l'ai déjà dit, jusqu'au 10 octobre 1959, car ensuite il n'y eut plus rien à réclamer.

Après le kiosque à journaux de Rocco, le maître me priait de le guider. Une fois qu'il avait acheté *L'Unità*[1], il se taisait et marchait sans regarder devant lui. Alors, puisqu'il y avait déjà eu un mort au passage à niveau de San Cono, je lui prenais le bras comme à un aveugle. Le jour de l'accident, il nous avait dit qu'il fallait regretter cette mort, même si nous ne connaissions pas le défunt, même si nous ne savions de lui qu'une seule chose : qu'il avait été catapulté très loin avec son vélo et le sac d'oranges attaché au guidon.

« Ceux que la mort d'un être humain ne désole pas sont des barbares », déclara-t-il en classe. Et lorsque le corbillard passa, il nous ordonna d'interrompre notre dictée pour aller à la fenêtre réciter une prière.

Le maître fut le premier auquel j'annonçai que ma mère avait eu une crise d'apoplexie. Ce matin-là, j'avais gardé le silence et omis de lui saisir le bras au passage à niveau. Quand il finit par m'interroger du regard, je

1. Organe du Parti communiste italien.

lui racontai qu'elle était tombée par terre en pleine nuit, qu'il s'était formé sur sa tempe une tache de sang noir qui refusait de partir. Alors il s'immobilisa, déglutit à grand-peine et prononça un tas de phrases importantes. Que j'ai toutes oubliées.

Dès lors, Filomena, la sœur de ma mère, vint aider chez mon père Rosario. Au village, on la surnommait « la petite bossue tatillonne ». Tata Filomena avait la critique facile. Elle soupirait pour un rien, et ses soupirs étaient assez puissants pour vous plaquer les cheveux sur le caillou. Un jour où je demandais à mon père de quoi était mort le mari de tata, il répondit : « De soupirs. » Mais rien ne la dégoûtait : elle changeait ma mère, la lavait entre les jambes et lui donnait la becquée car elle avait la bouche tordue. De temps en temps, le jour qui lui convenait, on voyait arriver le Dr Cucchi, devant lequel les gens de la via Archimede se découvraient. Avant de l'examiner, il nous priait de sortir, car, disait-il, là où il y a des malades il faut de l'oxygène.

« Le mieux, ce serait de la placer dans un hospice à Catane, décrétait-il sur le pas de la porte, sa sacoche à la main. Quoi qu'il en soit, monsieur Giacalone, soyez patient. Vivez au jour le jour, telle est la sagesse qu'enseigne la maladie. »

Mais dès qu'il avait tourné le dos, mon père Rosario formait une paire de cornes des doigts d'une main[1] et affirmait que seuls les gens qui n'ont pas de malheurs ont la sagesse aux lèvres.

De mon côté, je dus affronter un changement important : étant un vrai sac d'os, je n'arrivais pas à tirer au milieu de la pièce la cuvette destinée au bain. Je sentais donc mauvais. Quand je fourrais le nez dans mon tricot

1. Geste censé éloigner le mauvais œil.

de corps, je m'en rendais bien compte et j'avais honte de m'approcher des autres. En particulier de Gemma, la fille que j'aimais et pour laquelle je m'étais battu avec un dénommé Turi. Je lui avais balancé une pierre en plein visage le jour où il m'avait raconté qu'il lui avait relevé la jupe. Pour la même raison, j'avais attrapé par les cheveux un certain Vittorio, qui habitait via Lentini, et lui avais cogné la tête contre un grenadier. Il n'y a pas à dire, la jalousie a toujours causé ma perte. Y compris du temps où j'étais petiot.

Deux

De toute façon, je n'ai pas émigré du jour au lendemain. Les petiots ne s'en vont pas comme ça, à toutes jambes. On m'a d'abord dégoûté de tout, fait subir querelles, jeûnes, crises de nerfs. On était fin 1959, j'avais neuf ans, et à cet âge-là d'habitude on préfère son village au reste, même si c'est un village de merde, non un endroit de rêve. Mais il y a des limites à tout et, quand la misère ressemble à une vague venant vous engloutir, mieux vaut plier bagage et déguerpir, voilà tout.

Plus les jours passaient, plus ma mère perdait la boule. Lors de ses visites, le Dr Cucchi répétait les mêmes phrases de convenance et nous envoyait acheter des médicaments inutiles et coûteux qu'il fallait lui glisser sous la langue lorsqu'elle avait une crise. Désormais, mon père avait tout de la corde de violon : vous le pinciez, et il vous distribuait des coups. Pour ne pas courir de risque, il fallait tenir compte de son allonge. Il rentrait à l'heure qui lui plaisait et ne disait même pas bonsoir. Il ne parlait que pour annoncer qu'il ressortait. « Je vais faire quelques pas sur la place », marmonnait-il en refermant la porte, la cigarette aux lèvres. Naturellement, il mentait : il allait jouer aux cartes dans le sous-sol d'un certain Stefano et, à force, il acquit l'obsession du *tressette*[1]. Je le sais, car je sortis un jour pieds nus et le suivis. Je l'épiai à quatre pattes à travers le vasistas du sous-sol qui donnait sur le trottoir. J'avais envie de lui souffler les cartes des autres joueurs, mais mon père n'avait pas besoin qu'on lui souffle quoi que ce soit pour gagner. En vérité, c'est là, dans cet endroit à la fumée flottante, qu'il a gagné les quelques pièces que j'ai emportées à Milan. Certains ont émigré avec un bocal d'olives ou du pain frais ; moi, avec un petit magot, même si je n'ai pas pu le dépenser. Cependant, à cause de cette histoire de cartes, le village le prit en grippe, et bien vite ses vieux amis se détournèrent de lui : il les avait plumés l'un après l'autre. Puis il n'a pas su s'arrêter à temps et il s'est fait rouler dans la farine.

Quant aux coups qu'il me distribuait certains soirs, il est inutile de trop philosopher à leur sujet ou de s'en offusquer. À San Cono, les parents avaient tous la main leste, un point, c'est tout. De même que la pluie tombe du ciel, que les vaches meuglent, que les arbres perdent leurs feuilles, de même, à San Cono, les parents distribuaient des coups. Il suffisait de rentrer chez soi amoché pour qu'ils remettent ça. « Quoi ? tu t'es fait tabasser ? Putain, quel genre d'homme tu vas devenir ? » Et hop, il attrapait la ceinture. « Tu as taché ton pantalon ? » Coups de pied à répétition. « Tu t'es fait mal ? » Sabots volants. En réalité, les sabots étaient une spécialité féminine, réservée aux mères et à quelques sœurs aînées. Ma mère, par exemple, était une spécialiste. Elle visait aussi bien qu'un soldat. Elle vous touchait à distance avec une facilité impressionnante. J'en étais parfois si surpris que j'en oubliais la douleur. Il lui suffisait de

1. Littéralement « Trois-Sept », jeu de cartes très populaire en Italie.

vous lancer un regard de tigre : le sabot s'envolait tel un oiseau, évitant les pots et se faufilant entre les portes derrière lesquelles j'essayais de m'abriter. J'y ai perdu une dent, mais certains copains ont eu moins de chance.

Un jour, mon père me frappa pour le simple motif que j'étais allé à l'école. Ne m'ayant pas nourri le soir, il m'avait permis de me lever plus tard. À mon réveil, je pensai qu'il n'était plus l'heure de se rendre aux champs et m'engageai dans la via dei Ginepri. J'étais si content que je quémandai un *tarallo*[1] à la boulangerie de la via Ruggero il Normanno. Du temps où j'étais gamin, j'étais sacrément doué pour faire les yeux doux ! Je savais aussi pleurer sur commande, comme les acteurs de Cinecittà. Et les femmes tombaient dans le piège chaque fois. Maintenant mes yeux se cachent sous les plis de mes paupières, à croire qu'ils se sont disputés avec le soleil.

Je n'ai jamais oublié cette journée d'école. À mon arrivée j'éprouvai une grosse déception. Je m'attendais à une fête digne d'un saint patron ; or, à part Peppino qui bondissait tel un lapin, personne ne me prêta attention. Comme si je ne m'étais jamais absenté. Seul Ettore vint me supplier de ne pas lui voler son goûter et fondit une nouvelle fois en larmes comme une fille. M. Vincenzo s'abstint lui aussi de m'adresser la parole. Il se contenta de plisser le front en me voyant m'asseoir à ma place. Je crus que nous n'étions plus amis, et l'envie de filer aux champs me prit. Mais il nous fit un cours de premier ordre. Il parla d'un dénommé Giangiacomo Russò[2] qu'il qualifia de « penseur », un mot que je n'avais jamais entendu et qui, d'après mon voisin, s'appliquait

1. Gâteau tantôt sucré, tantôt salé, typique du sud de l'Italie.
2. Italianisation de Jean-Jacques Rousseau.

aux gens très intelligents et très savants – non, comme le prétendait Peppino, à ceux qui se lèvent le matin sans avoir rien à foutre. Le maître dessina deux hommes au tableau noir. Le premier se tenait dans un champ clos et disait « C'est à moi ! » Le second, dans un champ ouvert, ne disait rien. Le maître nous ordonna de recopier son dessin, puis expliqua. Avant que l'homme déclare « C'est à moi ! » il n'y avait pas de société – casernes, hôpitaux, écoles, tribunaux, prisons, banques –, tout le monde vivait librement, la nature était si généreuse que les plantes sauvages suffisaient et qu'on n'avait pas besoin de s'entre-tuer pour la moindre bouchée. Puis l'homme affirma « C'est à moi ! » et alors, terminé, tout le monde l'imita. Au lieu de rêver d'un paysage ou d'une belle femme, on se mit à rêver de clôtures toujours plus hautes, on installa des portes et des serrures dans les maisons et, aux portails, des chiens féroces.

« Selon Russò, l'invention des clôtures se nomme propriété privée », dit le maître.

Peppino leva la main pour demander si ce monsieur avait beaucoup ronflé[1] dans sa vie et produisit un grognement nasal dont la pensée me fait encore rire et ravive dans ma mémoire un joyeux chœur de petiots. Il y a de nombreuses années, on m'a appris, à San Cono, que Peppino avait émigré à l'âge de quinze ans et qu'il avait vécu à Milan un certain temps. Incapable de s'intégrer, il passait ses journées dans les cinémas pornos, provoquait des bagarres et volait des voitures. Puis il est parti avec son frère pour l'Allemagne, où il s'est peut-être mis du plomb dans la tête, où il a peut-être déniché un travail stable et fondé une famille. Peppino était plus pauvre que moi, il cohabitait avec les bêtes,

1. « Russò » signifie aussi « il ronfla ».

et son logement était réellement une porcherie. À cause de leur odeur de paille humide, de leurs yeux bovins et de leur façon de manger, debout comme les bourricots, ses parents aussi ressemblaient à des bêtes. Si ça se trouve, on s'est croisés un jour à Milan, par exemple un dimanche, qui est le pire jour de la semaine.

L'après-midi en question, comme toujours, mon estomac râlait et j'avais le vertige. Aussi, pour éviter de m'endormir en chemin, sur le cadre du vélo, je racontai le cours à mon père.

« Papa, tu sais pourquoi la terre qu'on travaille ne sera jamais à nous ?

— Pourquoi ?

— Parce qu'un penseur, un certain Russò, a écrit que le jour où, il y a plusieurs siècles, un type a dit "C'est à moi !" et construit une clôture autour d'un champ, les hommes n'ont plus été égaux.

— Comment s'appelait cet immense fils de pute ?

— Le maître ne l'a pas précisé, mais c'est le type qui a inventé la propriété privée. Avant lui, tout appartenait à tout le monde, il y avait beaucoup à manger, pas de lois, d'écoles, d'hôpitaux, d'avocats.

— Tu as appris les discours des cocos, ou quoi ? » commenta mon père en me soufflant dans l'oreille.

Mais j'étais un petiot et je ne connaissais pas encore la signification de ce mot. Mieux, pour moi il désignait les haricots en grains.

On était quatre à travailler le domaine de don Alfio : deux d'un côté et deux de l'autre. Moi, je trimais en échange de petits pois, de tomates, de figues de Barbarie… pas de sous. Le soir, mon père m'envoyait remplir un panier de légumes. Au début, j'objectais que j'avais peur des chiens. Alors il se moquait de moi. « Tu as peur ? Tant pis ! » hurlait-il. Puis j'appris à grimper aux arbres à toute allure et je cessai de faire des simagrées.

C'est aux champs que j'ai rencontré Giuvà. Je l'appelais aussi « pays ». À San Cono, on appelait les adultes « pays » ou – s'ils étaient plus proches et vous offraient des cadeaux, vous invitaient à manger ou vous avaient tenu sur les fonts baptismaux – « compagnons ». Il louchait et était dégarni jusqu'à la moitié du crâne. Il avait beau n'avoir qu'un peu plus de quarante ans, sa peau était aussi brûlée que celle des vieux paysans. Giuvà avait vraiment une tête d'idiot ; pour sûr, le Seigneur s'était octroyé quelques heures de repos le jour de sa naissance. Mais il était gentil avec moi. Quand mon père était absent, il me laissait grimper aux arbres et tirer à la fronde avec des olives pour chasser les cailles ou effrayer les hérons. Il m'arrivait aussi d'être triste. Pourquoi ? Je l'ignorais. J'étais triste, c'est tout. Alors je lâchais ma pioche et lui demandais la permission de partir à la chasse aux escargots. J'espérais en ramasser assez pour en revendre à un étal du marché ou aux femmes qui s'éventaient toute la journée sur le trottoir. En réalité, je perdais très vite patience : la bave qui coulait de leur coquille me donnait la chair de poule. Alors je jetais sur le sol ceux que j'avais réunis et traversais la vigne en courant. Une fois parvenu au puits, je me penchais au-dessus, car l'air humide qui me montait au visage me consolait. De quoi ? Je ne sais pas, il me consolait, c'est tout. Mais quand je regardais à l'intérieur du puits, je faisais des cauchemars la nuit suivante. Je rêvais que je tombais dedans, ou que j'y tombais avec ma mère. Certaines nuits, c'était encore pire : tout le monde tombait dans le puits et, resté seul, je hurlais sans que personne m'entende.

« Je veux rentrer chez moi ! criais-je à Giuvà lorsqu'il venait assener des coups de pioche à la terre pierreuse, près de moi.

— Vas-y, et grouille. Pourvu que t'arrêtes de gueuler », répondait-il.

Le jour où j'appris enfin à manier la pioche, il m'invita à boire à sa gourde. Quand le vin coula dans ma gorge, je braillai « Berk ! Berk ! » et crachai. « Je préfère l'eau ! »

Giuvà se moquait, il prétendait qu'il ne buvait jamais d'eau car elle lui descendait dans le dos. Il répétait toujours la même blague, étant ignare et humilié par son travail. De fait, il ne cessait de dire : « Ce boulot vous tue.

— Alors pourquoi tu le fais ?

— Je dois acheter un billet de train pour Milan, et j'ai besoin d'un petit magot.

— Et ta femme, Elvira ? Et tes filles ?

— Elles me rejoindront plus tard. »

Comme je sautais sur la moindre occasion de réciter une leçon, je commençai : « Milan est le chef-lieu de la région Lombardie, il possède un million d'habitants et a une surface de cent quatre-vingts kilomètres carrés. C'est la ville la plus grande d'Italie, après Rome. »

Je connaissais par cœur les fiches de géographie aussi bien que les poèmes. Je savais que Turin était la ville la plus industrielle d'Italie, que le lac Trasimène était situé en Ombrie, ainsi qu'un tas d'autres choses qui se sont avérées par la suite.

Giuvà prétendait qu'à Milan il avait de la famille, des amis de sa famille, et de la famille de sa famille, que là-bas ce n'était pas « comme dans ce trou de San Cono où on pioche et pioche encore jusqu'à la mort sans avoir mis un sou de côté ». Les adultes ne parlaient que d'argent, c'était leur seul sujet de conversation. Ou, plutôt, ils en avaient un autre, mais qu'ils n'abordaient pas en ma présence.

« Milan est un endroit plein de lumières et de gens provenant de toute l'Italie. De Catane, de Zafferana, de Trecastagni et d'autres coins par ici. Et puis il y a des dizaines et des dizaines d'usines ! » Giuvà prononçait le mot « usines » comme il aurait prononcé « paradis ».

Un jour où j'avais fait tomber par terre ma tranche de pain et mon anchois, je laissai échapper un juron accompagné de tout son cortège. À mon âge, j'en savais de beaux et je savais aussi en inventer de très savoureux et de très originaux. Giuvà me flanqua une gifle. Je crachai une dent branlante et fondis en larmes. Il me regarda, bouche bée, et déclara que pleurer est la dernière chose à faire au monde, puisque c'est totalement inutile. Puis il me tendit son sandwich au pecorino et aux tomates, dans lequel je mordis. Mon humeur s'améliora. Après ce repas, il nettoya son couteau sur sa cuisse et pela une figue de Barbarie, vida sa gourde et me demanda : « Tu veux venir à Milan avec moi ?

— Milan ? Pas question ! Je veux rester à San Cono jusqu'à mon dernier jour ! »

Trois

Aux champs, je passais plus de temps en compagnie de Giuvà que de mon père, qui conduisit un jour ma mère à l'hospice de Catane.

La vie avec mon père était sordide. Tata Filomena ne venait plus que rarement, la maison était sale et nous mangions toujours froid. Le seul côté positif, c'était qu'il ne me frappait plus ; pour le reste, nous avions l'air de deux carpes. Quand je lui demandais pourquoi il ne rejoignait plus ses amis sur la place du village, il répondait : « Ninè, les amis n'existent pas. Seuls existent des gens pour occuper le temps quand on n'a rien à foutre ou qu'on veut pas penser aux emmerdes. »

Mais parfois il m'achetait des cadeaux en cachette et demandait à Giuvà de prétendre qu'ils venaient de lui, pour me convaincre de l'accompagner à Milan. Sans aucun doute, la guitare a été le meilleur. Avant, je n'avais à la maison que deux petits soldats de terre cuite et une collection de sifflets que je fabriquais avec des noyaux de prune. C'était dehors que je m'amusais, même si ça se terminait toujours par des coups : ça aussi, c'était un jeu. À force de traîner dans les rues, on était toujours crasseux. L'été, on se transformait en véritables sauvages, vivant pieds nus et en slip, des brins de paille dans les cheveux et les épaules pelées par le soleil. Certains dimanches, Peppino et moi sortions de bon matin et gagnions l'arrêt du car. On descendait à Zafferana, sur un versant de montagne, puis on courait vers le volcan en cueillant des mûres et, au pied des arbres que le soleil n'atteignait pas, des restes de neige incrustée. Quand j'avais soif, j'en faisais une boule dans mon poing et je la mangeais comme un granité, même si elle était un peu noire. Comme toujours, il fallait se méfier des chiens. J'avais appris à grimper rapidement aux arbres, mais Peppino, lui, était un singe-né. Il était également doué pour ramasser des pierres. Il visait bien, toujours les yeux de la bête, qui s'éloignait dans des glapissements, imaginant sans doute qu'elle avait affaire à Satan. À la belle saison, on rencontrait des touristes sur les pentes du volcan, et certains nous priaient de leur servir de guides. On inventait des légendes d'esprits et de géants, auxquelles je mêlais les fiches de géographie et les histoires sur l'Etna qu'on avait entendu les adultes raconter au village. Pour terminer, Peppino offrait à nos auditeurs un morceau de pierre ponce et je dégainais un proverbe du genre : « Quand on monte au volcan, on n'oublie pas ses gants. » Être guide était une bonne façon de gagner des pourboires qu'on dépensait ensuite, à un étal, en sandwichs au fromage. Pour nous, il n'y avait rien de mieux au monde que de manger sur la pierre rougeâtre en admirant le monstrueux volcan. Ça, c'étaient des dimanches !

« Voilà pour toi ! s'exclama un matin mon “pays” en agitant la petite guitare comme une pioche.

— Pour moi ? m'écriai-je, les yeux écarquillés.

— Bien sûr, tu vas pouvoir devenir un artiste ! » Et il partit dans la salle à manger discuter avec mon père.

Je commençai sans tarder à gratter l'instrument et à me prendre pour un as. En réalité, les cordes m'égratignaient le bout des doigts et je les pinçais à vide. Comme toutes les belles choses, celle-ci ne dura pas longtemps. Moins de trois heures. Mon père m'ayant ordonné au bout de cinq minutes de jouer en silence, je m'en allai sur le muret de la via Marco Polo et, placé en bonne vue, composai une chanson que je n'ai pas oubliée.

Un anchois me met en fuite
Je file à Milan avec mon « pays ».

C'est alors que survint Pasquale Ragno, qui était plus âgé que moi. Me dévisageant, il s'exclama :

« Prête-la-moi !

— Non !

— Tu n'es pas capable de jouer.

— J'ai déjà écrit une chanson !

— C'est le monsieur qui veut t'emmener à Milan qui te l'a offerte ?

— Qui t'a raconté ça ?

— On dit qu'il a l'intention de te transformer en esclave le jour et en épouse la nuit.

— En épouse ? Ça veut dire quoi, ça ? »

Il fit un geste obscène et je lui filai un coup de pied. Puis il me lança un caillou, et je n'eus plus d'autre choix que de lui fracasser la guitare sur le crâne. Il se mit à saigner, mais ça ne m'arrêta pas et, si j'avais eu à portée de main une figue de Barbarie, je lui en aurais frotté la peau sur la figure.

Le soir, quand tata Filomena posa devant moi une assiette de légumes bouillis, je l'écartai en criant que j'avais beau avoir faim je ne mangerais pas, car j'en avais assez du travail de la terre, de la maison pleine de fourmis et des coups.

« Je m'en vais avec mon “pays” qui me laisse mordre dans ses sandwichs ! » m'écriai-je, les yeux rouges.

Mon père se leva alors de table et, au lieu de me menacer d'une gifle, m'embrassa en guise d'approbation. Après cette étreinte surprise, il m'essuya le visage à l'aide de son tricot de corps, me prit par la main et me conduisit sur la place, bien décidé à me payer une glace, malgré le froid.

« À Milan, tu pourras te bâtir un avenir. Maçon, ouvrier, commis et un tas d'autres métiers qu'on ne connaît pas ici. Tu vois le fils de Dario ? Il est parti il y a trois ans et maintenant il redescend, l'été, à bord d'une Alfetta ! s'exclama-t-il d'une voix envieuse.

— Et toi, tu ne viendras pas ?

— On verra quand j'aurai mis un peu de sous de côté. »

Comme Giuvà me parlait sans cesse de Milan, des vastes logements de sa famille, dotés de salles de bains et d'eau chaude, des blondes à gros tétins qui pullulaient là-bas, je finis par en être obsédé. En réalité, j'étais déjà obsédé par les tétins avant de l'écouter. Ou plutôt je l'étais depuis ma naissance, car ils m'avaient sauvé. J'étais sorti du ventre de ma mère à sept mois, pesant un kilo et demi, raison pour laquelle mémé Agata, la mère de ma mère, m'avait gardé pendant deux mois entre ses seins opulents, dont la chaleur m'avait permis de survivre. Le froid risquant de me tuer, mémé Agata passait ses journées sur une chaise, aussi immobile qu'une statue : mieux qu'une couveuse. Jusqu'à sa mort, nous nous sommes promenés ensemble sur le trottoir après la sieste. Elle en profitait pour me raconter cette histoire.

Un jour, je lui ai lancé : « Mémé, est-ce que je peux t'appeler autrement ?

— Et comment veux-tu m'appeler ?

— Je veux t'appeler mamie Néné ! » ai-je répondu. Et nous avons bien ri.

Quoi qu'il en soit, j'étais incapable de mettre le nez dehors, les jours qui précédèrent mon départ. Mon père me demandait si j'étais devenu une nonne, et je ne savais que dire. Parfois, il plaçait sa chaise à côté de la mienne et, pour me faire une surprise, tirait de derrière son dos une petite meule de fromage au poivre qu'il proposait de manger ensemble. Pour la couper, il utilisait lui aussi un canif. Mais je n'avais aucun appétit. Je me contentais de caresser la queue de mon minou, sur le balcon. Les anchois de mes sandwichs me dégoûtaient tant désormais qu'il m'arrivait souvent de les lui jeter, ne gardant pour moi que la mie huileuse.

Un après-midi, M. Vincenzo se pencha à son balcon et secoua ses draps pour en chasser les punaises. Il s'enquit de ma mère et je lui répondis par un haussement d'épaules.

« Vous voulez que je vous récite le poème ?

— Viens. »

Au début, je le fis enrager en lui demandant s'il était vraiment un coco, comme on le prétendait. Par chance, il se calma et déclara que je serais peut-être heureux à Milan. Il dit « heureux », et ce mot m'évoqua un pantalon destiné aux champs. Grand et mal adapté.

« Le mieux, c'est que tu écrives jour après jour ce qui t'arrive. Quelques lignes suffisent, affirma-t-il en fouillant dans un tiroir. Parfois on rentre fatigué du travail et on n'a plus envie de faire quoi que ce soit. » Il me tendit un cahier qu'il qualifia de journal parce qu'il contenait les dates et les fêtes des saints.

« Il faut que j'écrive là-dedans ce que je fais dans la journée ? C'est un devoir ? questionnai-je comme en classe.

— Tu peux faire ce que bon te semble dans ce journal, poursuivit-il sans relever. Tu auras ainsi l'impression de parler à quelqu'un qui partage tes idées. Tu peux y noter les choses que tu fais, mais également ce que tu n'arrives à confier à personne. »

Il m'offrit aussi une tablette de chocolat ainsi qu'un paquet d'enveloppes et m'invita à écrire en disant que, pour une raison ou une autre, ceux qui partent oublient rapidement ceux qui restent. Au moment des adieux, je rassemblai tout mon courage et lui sautai au cou. Pour la première fois depuis que je le connaissais, je le vis éclater de rire. J'entendis ce rire retentir en descendant l'escalier pieds nus, parce que dans ma hâte je ne m'étais pas chaussé.

La petite bossue tatillonne m'avait préparé une salade aux oignons. Tandis que je la mangeais, elle ficela les cartons, à l'intérieur desquels elle avait glissé le bocal d'anchois et des paquets de sel. Elle plia mes vêtements dans une valise nettoyée avec du papier journal, qu'elle referma également très vite. Le train partait à 3 heures du matin et, lorsque je lui annonçai que j'allais saluer Peppino, via Feramosca, elle souffla comme une cafetière et me répéta de me dépêcher. En réalité, devant les maisons de mes copains je rebroussai chemin : je ne savais pas comment m'expliquer.

Je fis des adieux à Michelino seulement, que le maître, apitoyé par son visage cadavérique, emmenait de temps en temps manger des beignets de pois chiches dans la baraque de la via Dante. Il portait un seau de je ne sais quoi au fond de la rue et je lui courus après pour lui arracher des mains.

« Donne-moi ça, tu es encore plus sac d'os que moi. »

Michelino sourit sans commenter : depuis la mort de son père, il avait cessé de parler, et ses dents ne poussaient plus.

« Je pars demain, tu sais ? Je m'en vais à Milan. »

Il hocha la tête.

« Si tu veux, je t'écrirai une lettre, par exemple pour ton anniversaire. » Mais il ne connaissait même pas sa date de naissance. Il était vraiment très retardé. Arrivé devant chez lui, je posai le seau sur le seuil.

« Dis au revoir pour moi aux copains de l'école. Je n'ai pas le temps ! Et, s'il te plaît, recommence à parler ! »

Il branla du chef une nouvelle fois. Mais je me demande comment tout ça s'est terminé.

Quatre

Quand les courroies de la valise furent sanglées, on commença à patienter, assis sur nos chaises – papa et tata Filomena les bras croisés, moi, mon minou sur les genoux. De temps en temps, l'un d'eux ouvrait la bouche pour m'adresser une recommandation. Tata Filomena déclara : « Ne te fie pas aux saintes-nitouches », et papa me conseilla de trouver un emploi de maçon, « le plus beau métier du monde ». Avant de sortir, j'allai dire au revoir à maman, oubliant qu'elle était à l'hospice de Catane. Il y avait sur la table de nuit de mon père le canif qu'il utilisait pour couper le fromage au poivre. Je pressai le bouton sur le manche, et la lame jaillit. En toute hâte, je le fourrai dans mon pantalon.

À bord du triporteur à moteur, Giuvà agitait les billets de train et répétait : « Je vais m'occuper de toi, petiot », aussi fier qu'un paon. Malgré l'heure tardive, je n'avais pas dormi une minute et je n'avais pas sommeil. En général, j'étais heureux de rouler en triporteur avec mon père : j'aimais crier à travers la vitre et passer devant le bar Torino. On faisait alors vrombir le moteur pour montrer que nous autres, les Giacalone, on était une famille qui connaissait son fait. Mais, tandis que j'aidais à charger mes bagages, alourdis par les maudits paquets de sel, je jetai un regard inconsolable à la ronde, comprenant que, vrombissement ou pas, nous n'étions personne. J'espérais que M. Vincenzo me regarderait partir, sa pipe à la main, de derrière son rideau. Un jour, j'avais lorgné son registre : certains noms y avaient été effacés avec des ratures rouges et des tampons portant l'inscription ÉMIGRÉ. L'idée qu'il tamponnerait aussi ma case me semblait d'une injustice totale.

Mon père et Giuvà gémirent pendant tout le trajet : le village se vidait, disaient-ils, les habitants qui étaient partis n'avaient pas libéré de postes de travail, car il n'y avait pas de travail, et zéro plus zéro égale toujours zéro. Giuvà jouait à celui qui sait tout, il parlait comme s'il avait visité la Terre entière, comme s'il avait du sang milanais dans les veines. Moi, je dessinais des croissants de lune sur la vitre mouillée. Dans ma poche, le couteau me gênait, et je pensais que mon père renverserait les tiroirs sur son lit, qu'il jetterait ses vêtements en l'air : égarer un objet le rendait fou.

À la gare, on se serait cru en pleine journée. Des gens criaient comme dans un bar et personne n'avait sommeil, à l'exception de ceux qui dormaient, recroquevillés sur les bancs. Un homme s'époumonait sur le quai : « Le car pour Milan et Turin ! Les femmes devant ! Les femmes enceintes devant ! Le car ! »

Je demandai pourquoi nous ne prenions pas le car, mais Giuvà m'enjoignit de me taire sous prétexte que je ne comprenais rien.

« Le car met beaucoup plus de temps, c'est une journée de gains perdue ! » s'exclama-t-il.

Il continuait de pontifier, tandis que mon père le regardait comme on regarde les gens déplaisants. J'espérais qu'il lui flanquerait un coup de poing sur la bouche et me ramènerait chez nous, mais, à l'arrivée du train, il jeta les bagages en haut et se plaignit en jurant de la lourdeur du carton qui contenait le sel.

« Pourquoi tu en as pris ? Les gens ne savent donc pas manger à Milan ?

— D'après tata, ça nous fera économiser », marmonnai-je, et Giuvà dit que c'était vrai puisqu'il n'y avait pas de monopole en Sicile.

Au début, j'avais froid dans le train. Puis l'air se fit aussi pesant que dans l'épicerie de Turuzzu, et le froid fut remplacé par la chaleur et la nausée. On dormait tête-bêche. J'avais les pieds de Giuvà sous le nez, ce qui n'était pas agréable : ils sentaient le pecorino moisi. Au bout de cinq minutes, il ronflait déjà. Les yeux clos, je me disais que le train était stupide parce qu'il filait en écrasant impitoyablement tout ce qu'il rencontrait.

Au bout d'une heure, ou un peu moins, je manquais déjà d'air. J'allai dans le couloir. Il était rempli de gens qui s'exprimaient chacun de manière différente. Certains fumaient à la vitre, d'autres échangeaient des renseignements et des adresses d'auberges, d'autres encore se tendaient des flacons de liqueur, ou parlaient de Milan. Ils répétaient tous les deux mots « Nord » et « Sud », sans jamais expliquer de quel Nord et de quel Sud il s'agissait. J'avais envie de réciter les fiches de géographie des endroits qu'ils mentionnaient, pour leur donner une belle leçon, mais il n'est pas facile d'engager la conversation avec des inconnus, surtout quand on est petiot. Aujourd'hui, tout le monde écoute les enfants en silence et applaudit les bébés au moindre « areu ». Autrefois, quand vous preniez la parole, on vous criait de vous taire ou on vous foudroyait du regard. Chaque fois qu'on rendait visite à quelqu'un, je m'en souviens, ma mère insistait au moment de sortir : « Ne demande rien et ne prends la parole que quand la poule pisse. »

De toute façon, je trouvai moi aussi quelqu'un à qui parler : un garçon plus âgé que moi, répondant au prénom d'Antonio. Assis dans le couloir, les yeux fermés, il remuait les doigts sur ses jambes comme s'il jouait de l'accordéon. Vu que j'étais un vrai sac d'os, je pus me faufiler entre un type vautré par terre et lui. Dans le couloir du train, tout le monde se marchait dessus et je dus m'habituer très vite à la douleur du piétinement. Le contrôleur, le plus indifférent de tous, utilisait sa perforeuse comme une épée. Fatigué de voir Antonio agiter les doigts en tous sens, les paupières fermées, je lui lançai :

« On peut savoir ce que tu fabriques ?

— Je m'exerce.

— À quoi ?

— À jouer du piano. »

J'éclatai de rire et répliquai qu'on ne jouait pas du piano sans piano. Alors il ouvrit les yeux, qui étaient couleur noisette, et m'expliqua qu'on peut s'exercer partout, sur les tables, sur les murs et même sur ses jambes.

« Tu ne le sais pas, car tu n'as pas appris à jouer d'un instrument », dit-il.

Vexé, je tentai de me donner des airs de guitariste, mais il était inutile de feindre avec lui. Il savait jouer de nombreux instruments et, quand il me demanda de placer mes doigts en position d'accord, j'affichai un tel air d'incompréhension qu'il éclata de rire en se tenant le ventre.

Antonio venait d'un village de Calabre dont j'ai oublié le nom. Il en était parti car ses parents voulaient qu'il devienne mécanicien. Il avait appris à jouer du piano chez un oncle et commencé à gagner un peu de sous, l'été, dans les hôtels les plus luxueux de Catane. Il entendait vivre de la musique, raison pour laquelle il se rendait à Milan. Il était doué, Antonio, et peu importe que je l'affirme sans être musicien : lorsqu'un tableau, un poème, un morceau de musique sont bien exécutés, tout le monde comprend.

Lassé par mes salves de questions, Antonio m'emmena faire un tour dans le train. Les compartiments regorgeaient de gens entassés par terre, les cabinets sentaient la merde et la cigarette. Mais, en première classe, il y avait des sièges garnis de velours rouge et des gens en chemise, rien à voir avec l'épicerie de Turuzzu. De fait, on nous empêcha d'entrer. Dommage, car un parfum de brioches chaudes s'échappait du wagon-restaurant !

Mon « pays » se réveilla aux alentours de Naples et engagea la conversation avec des hommes qui fumaient à la vitre. Afin de se gagner leur amitié, il leur dit : « Je vous en prie, prenez une de mes miennes » en tendant son paquet de cigarettes. J'allai les écouter en me plaçant entre leurs jambes. Pour m'empêcher de parler, Giuvà m'offrit un morceau de nougat « casse-dents » qui produisait un bruit risible quand on le mâchait. Je n'aimais pas l'idée que ces hommes nous prennent pour un père et son fils : Giuvà avait beau être gentil, il avait une tête d'idiot, contrairement à mon père Rosario. Lui, en revanche, était fier de la méprise : sa femme ne lui avait donné que des filles. Les types racontaient qu'ils logeraient dans une auberge, et Giuvà faisait le malin parce que sa famille l'hébergeait. J'en eus bientôt assez : ils débitaient eux aussi l'histoire du Nord et du Sud, et celle du Sud qui est un trou que tout le monde fuit. Je rejoignis Antonio qui avait déniché entre-temps une place dans un compartiment.

On se plaça tête-bêche. Comme on était déjà un peu amis, on ne ferma pas les yeux de la nuit. Je lui donnai du chocolat offert par le maître, et il me raconta que jouer d'un instrument est une chose merveilleuse : la musique est toujours avec vous, elle vous tient compagnie d'une façon extraordinaire, d'une autre façon que les hommes. Pour lui montrer que je n'étais pas stupide, je lui parlai des poèmes que je connaissais par cœur. Il répondit qu'il n'en connaissait qu'un, plutôt laid, qui commençait comme ça : « Je t'aime, charitable bœuf[1]. »

Antonio descendait lui aussi dans une auberge. Je lui demandai de m'inscrire l'adresse dans mon journal et lui dis :

« Moi, je logerai dans la famille de mon "pays".

— Tu as de la chance », répondit-il, mais je secouai la tête.

On finit par s'endormir. Pas longtemps : bien vite, de la lumière jaillit de l'extérieur, d'abord rose, puis blanche. La campagne défilait à toute allure et je regrettais qu'on traverse les gares des villages sans s'arrêter. Il me semblait injuste de laisser ces endroits derrière nous : la situation y était peut-être meilleure, peut-être était-il inutile de continuer.

L'arrêt à Bologne – près d'une heure – fut assommant. Giuvà en profita pour me bombarder d'explications – comment on se tient à table, comment on se conduit avec les Milanais, comment on traverse la rue – et se mit de nouveau à faire le malin. C'était du moins mon impression : je n'avais pas envie qu'il m'enseigne quoi que ce soit. Pour apprendre, il faut avoir confiance, et je n'avais pas confiance en lui. Je lui posais donc

1. « Le bœuf », poème de Giosuè Carducci (1835-1907).

un tas de questions et m'occupais de mes affaires, n'écoutant ses réponses que d'une oreille.

« Comment on fait pour trouver du boulot ?

— Voyons, petiot, c'est très simple ! Tu entres dans un magasin, tu dis "Je peux ?" et "Bonjour", puis tu demandes si on a besoin de quelqu'un. N'oublie pas d'enlever ton chapeau, si tu en as un, mais sans t'aplatir, hein ?

— Alors ce n'est pas difficile. Je peux y arriver tout seul.

— Tu es sûr que tu n'auras pas besoin de mon aide ?

— Sûr et certain. »

Cinq

Une fois descendus du train, des voyageurs s'écrièrent : « Porteur, porteur ! », un mot inconnu. En effet, à San Cono, chacun se charge de ses propres affaires et gare à ceux qui les touchent.

« Nous aussi on appelle "Porteur, porteur" ? » demandai-je à Giuvà, qui m'invita aussitôt à me taire. Il me disait toujours de me taire, un index sur les lèvres et les yeux menaçants, ignorant que, comme il louchait, cela lui donnait l'air encore plus simplet.

Sur le quai, les gens formaient un serpent humain, certains chargés de valises, d'autres la tête surmontée de cartons, d'autres encore poussant des caisses en bois. Un étourdissement unique. Partout, un tas de langues incompréhensibles retentissaient comme sur la tour de Babel. Le brouillard entrait même dans la gare, c'était un spectacle impressionnant. Au début, je pensais qu'il s'agissait de la fumée des cigarettes, mais il y en avait trop et ça ne faisait pas tousser. De la condensation jaillissait de mes lèvres, et je m'amusais à souffler. Je disais : « Giuvà, tu as vu ? J'ai appris à fumer ! » Mais il ne riait pas, tant il était abruti par son boulot de journalier et occupé à traîner la valise avec les paquets de sel.

Antonio n'avait pour sa part que deux sacs, comme un fugitif. On discuta encore un peu sur l'esplanade de la gare et, quand il me salua, je l'embrassai. Giuvà s'immisçait dans notre conversation, il lui demandait combien coûtait son auberge et où elle était située. Puis il perdit soudain patience et, me saisissant par le cou, m'ordonna de me secouer. « Mon cousin nous attend devant l'hôtel des Voyageurs, ne soyons pas impolis », conclut-il en me poussant.

Nul doute, ni l'un ni l'autre n'avions jamais vu une place aussi grande que la piazza Duca d'Aosta. Il faut un certain temps pour s'habituer à ce genre de dimensions.

En traînant ma valise, je me heurtais à des gens, dont certains s'exclamaient : « Hé, le Napolo, fais gaffe ! » Giuvà se mit d'abord à soupirer, puis il regarda les prix de l'hôtel des Voyageurs. C'était un hôtel lumineux, avec un tapis rouge dans l'escalier et, derrière le comptoir, un homme en uniforme écarlate aux allures d'agent de police. On attendit, on attendit, en vain. Le ciel déversait un air froid qui donnait envie d'une soupe et d'un foyer.

« Tu as vu ? À force de bavarder, on a raté notre rendez-vous avec mon cousin ! me cria Giuvà au visage.

— Espèce de menteur, tu n'as pas de cousin !

— Hé, petiot, un peu d'éducation ! Il faut toujours que tu te mettes en avant ! » Il me secoua, puis souffla, de son haleine de bœuf : « J'ai eu tort de t'emmener. Je ne savais pas que tu étais aussi mal embouché.

— Et moi, je ne savais pas que tu me ferais dormir à la gare ! »

Il m'abandonna là, assis sur les valises, pour demander où se trouvait Baranzate, l'endroit où vivait son cousin fantôme. Je restai seul dans le brouillard. Quand il revint enfin, il dit : « Ninuzzo, donne-moi la main avant que ce truc nous engloutisse et que nous nous perdions. »

Une heure d'enquête nous apprit que Baranzate était une localité accessible par le tramway. « Mais maintenant il est tard. Il faudra attendre demain matin, expliqua l'un de nos informateurs.

— Vous ne pouvez pas nous héberger, le petiot et moi ? demanda Giuvà en tendant son paquet de cigarettes.

— Je regrette », déclara le plus grand qui ne regrettait rien du tout.

Ils nous conseillèrent de dormir à la belle étoile. « Ce n'est pas grave » et « Nous sommes tous passés par là », assuraient-ils en piquant cigarette sur cigarette.

Si l'idée de dormir à la belle étoile me semblait romantique, il s'agissait en réalité de passer la nuit sur un emplacement proche de la via Ferrante Aporti, à l'intérieur d'une petite clôture qui n'avait rien à voir avec la propriété privée. Il y avait là des gens vautrés par terre, les fesses sur un journal trempé abandonné par on ne sait qui. Certains dormaient sous un monceau de bagages et se serraient les uns contre les autres pour se réchauffer, comme des lapins. On aurait cru des morts sur le champ de bataille. À force de crier, j'obligeai Giuvà à regagner la gare et, quand un banc se libéra, lâchai tout pour courir l'occuper. Avec son corps d'échalas et ses bras longs, mon « pays » resta par terre, la tête sur une valise, les mains serrées sur les autres.

Le lendemain, à notre réveil, nous avions les os en capilotade. Une queue interminable s'étirait devant les bains publics et, en comparaison de l'odeur qui s'échappait des cabinets, Turuzzu était une parfumerie française. Pour se faire pardonner, Giuvà me conduisit au bar où il me paya une brioche. J'en volai une seconde, et la journée commença mieux. D'autant plus que je pris le tramway. Avec son phare semblable à l'œil de Polyphème, il me plut aussitôt. J'allais et venais dans la voiture du 19, je m'asseyais sur les banquettes en bois et me levais, je souriais aux dames et aux messieurs en manteau qui lisaient le journal. Bref, je tuais le temps.

Enfin, on atteignit Baranzate, terminus. Un endroit triste et sordide. Des immeubles, encore des immeubles, et ce n'est pas parce que les mots manquent pour en parler. Le fait est qu'il existe dans le monde des endroits, des gens, des emplois que quelques noms suffisent à décrire. Pour Baranzate, il y en avait deux : immeubles et cheminées. Oui, il y avait partout des usines dont les cheminées rejetaient des nuages denses. Ces nuages ne s'en allaient jamais. Leur fumée fétide stagnait au-dessus de nos têtes. Les yeux ronds comme des billes, on contempla, Giuvà et moi, les toits des grands immeubles, ainsi qu'un tube de béton qui encombrait le ciel.

Les rues étaient vides. Je le remarquai immédiatement. À San Cono, il y avait du mouvement à toutes les heures : les gens se promenaient, faisaient des commissions, vendaient des marchandises, s'arrêtaient pour bavarder… Autour de Milan, dans les agglomérations du genre de Baranzate où les gens se contentaient de dormir, il n'y avait du mouvement qu'au moment d'entrer à l'usine et d'en sortir. Pour le reste, un vrai cimetière. Si bien que j'eus tout de suite envie de rentrer chez moi, dans un village puant la faim, certes, mais situé en pleine nature et où l'on reconnaît le ciel à sa respiration. Maddalena aussi, après notre mariage, souhaitait partir. Elle rêvait d'ouvrir une trattoria en bord de mer, car elle aime cuisiner, préparer à chaque repas une entrée, un plat et sa garniture. Et puis elle adore la mer. Dès qu'elle pose les pieds sur la plage, elle s'élance, ses sandales à la main, et en un éclair se jette à l'eau. Or, en moins de temps qu'il n'en faut pour le dire, nous n'avons plus pensé aux rêves. Pis, nous avons oublié qu'ils existent.

L'immeuble qu'habitait le cousin de Giuvà était aussi affreux que le reste. Dix étages de plus en plus sales, une façade toute fissurée, l'escalier empestant l'eau croupie. On l'appelait la ruche car il était composé de cellules, plus que d'appartements. Des cellules assez confortables, je ne dis pas le contraire, mais des cellules tout de même. Comme nous, leurs occupants venaient du Sud. Les Vénitiens et les Émiliens vivaient dans la même rue, à l'intérieur d'une autre ruche, avec les Sardes. Si la façade me semblait grise, d'autres prétendaient qu'elle était couleur sable, d'autres encore vert pâle.

Il n'y avait personne chez le cousin, aussi mon « pays » m'ordonna-t-il de rester assis sur les bagages pendant qu'il s'informait. Quand il revint, on lui avait fauché la seule valise qu'il ne m'avait pas confiée. La sueur lui tombant sur les yeux sous l'effet de l'agitation, il me faisait de la peine. Cette valise contenait, disait-il, des provisions que sa femme et sa fille aînée, Felicetta, avaient préparées pour offrir à ses hôtes, et il se retrouvait à présent les mains vides, comme un plouc. On patienta pendant des heures. Pour m'amadouer, il me conduisit à la trattoria voisine. J'en sortis le ventre plein, mais tout aussi incapable de rester debout. J'aurais volontiers échangé ce repas contre un bout de lit.

Enfin, à 17 heures survint la femme du cousin, qui s'appelait Mena. Sous le coup de l'émotion, Giuvà fondit en larmes. Mena me plut d'emblée : elle avait de gros mollets, des hanches larges et un visage rond de maman. D'ailleurs, on alla chercher ses marmots au premier étage chez une Lucanienne qui gardait les enfants de toute la ruche. L'aîné, Mario, avait trois ans et était très vif. Le cadet, Carletto, moins d'un an. Giuvà entama aussitôt la conversation avec Mena et me laissa tout porter. Dans la cage d'escalier crasseuse, je soulevais deux valises à la fois et me répétais : « Saleté de "pays", j'aimerais bien qu'on te fasse la peau. »

L'appartement de la ruche ne mérite pas non plus beaucoup de mots. Non parce qu'il était laid, mais parce qu'il était d'une désolation colossale. Il comportait une cuisine qui devint notre chambre, à Giuvà et moi, grâce à des lits de camp qu'on tirait le soir d'un balcon où étaient entassées un tas de choses ; la chambre de Mena et Giorgio où, après le dîner, les deux cousins sirotaient du vin, assis sur des chaises ; enfin la salle de bains, la vraie merveille, avec une cuvette et une chasse d'eau, un truc qui vous donnait envie de faire vos besoins à toutes les heures de la journée. En revanche, on ne voyait, de la fenêtre, que la ruche des Vénitiens et la cheminée d'usine qui ne cessait de souffler. Pas un seul bout de ciel.

Mena se soucia de servir le café, mais quand je lui annonçai que je n'aimais ni le vin ni le café, elle sourit sans même me donner un verre d'eau. Giuvà et elle bavardaient, se distribuaient des compliments et évoquaient l'entreprise de maçonnerie que les deux cousins voulaient mettre sur pied. Je mangeai en silence un morceau de chocolat de M. Vincenzo. Il était un peu vieux et les carrés étaient striés de blanc, mais ça valait quand même mieux que le café. Puis, sans m'en rendre compte, je m'endormis sur ma chaise. Je ne fis la connaissance de Giorgio que le lendemain.

Six

Je ne pouvais entrer dans la salle de bains que si tout le monde s'était déjà lavé. Je patientais, une serviette pendue au bras, mais quand venait mon tour, je voyais surgir quelqu'un qui me passait devant en disant : « Toi, tu iras après », et la porte se refermait une nouvelle fois. La seule solution consistait à me lever lorsque les autres dormaient encore. J'y arrivais certains matins et me lavais alors calmement. J'utilisais l'eau chaude en cachette, j'étais au paradis. Parfois je m'y attardais des demi-heures entières, car c'était le seul endroit où je me sentais en paix. Je restais assis sur la cuvette, les coudes sur les genoux, en attendant qu'on frappe violemment à la porte ou qu'on marmonne des reproches.

Je fis la connaissance de Giorgio pendant qu'il se rasait. En guise de présentations il me caressa le visage, déposant un flocon de mousse sur ma joue.

« Tu verras, toi aussi tu auras bientôt de la barbe », déclara-t-il.

Le premier jour, on se réveilla tôt. Après avoir trempé deux biscuits dans du lait, on se précipita dehors. Le bar fut notre première étape. Giuvà aimait y entrer à tout moment et avaler un verre de vin léger, puis fumer en plein air en claquant la langue. Le tramway nous conduisit au corso Buenos Aires. C'est là qu'on se sépara.

Quel plaisir de me déplacer seul, sans que les gémissements de Giuvà retentissent dans mes oreilles comme un disque rayé ! J'avais tout de suite compris que c'était une bonne journée. Le vent soufflait fort et, à ma descente du tram, il projeta sur moi une casquette à carreaux arrachée au crâne chauve d'un passant. Je l'enfonçai aussitôt sur ma tête et, tandis que son propriétaire jetait à la ronde un regard désespéré, me coulai dans une de ces ruelles qui existent aussi à Milan si on sait les chercher.

Je commençai par les coiffeurs. J'entrais, ôtais mon couvre-chef qui me tombait sur le nez et demandais.

Sans même me laisser terminer, certains patrons répondaient : « Les Napolos, on n'en veut pas. »

Clarifions tout de suite les choses : si j'ai supporté d'être traité de Napolo, c'était parce que je portais un pull-over tricoté par ma mère avec un beau « N » au milieu. Ce « N » était l'initiale de Napoléon, le général victorieux, non de Ninetto et encore moins de Napolo. Croyant que cette lettre était en cause, je ne répliquais pas : je ne pouvais tout de même pas expliquer chaque fois que je n'avais jamais mis les pieds à Naples, dont je ne connaissais que la fiche géographique. Quand je sortais de leurs salons, les coiffeurs me criaient dans leur langue bizarre de bien refermer la porte. À force d'insister, je me rendis compte qu'ils avaient déjà un tas de petiots qui balayaient par terre, leur tendaient ciseaux, pinceaux et pommades, alors j'entrai dans une dizaine de bars. Sans succès. Dans une boulangerie. Dans une pizzeria. Dans une librairie. Dans une chemiserie ! Un magasin incroyable avec des chemises partout, mais pas d'emploi. Puis l'avenue se termina. Devant moi débutait une large rue qui menait au jardin public de Porta Venezia. Je m'arrêtai pour regarder, les mains en visière sur le front. Je fis danser mes yeux et aperçus de nouvelles boutiques sur l'autre trottoir. L'une d'elles arborait l'inscription « Teinturerie du Corso ». Je m'approchai. Derrière les vitres, quatre filles repassaient, les joues aussi rouges que des pêches à cause des bouffées de vapeur. Elles étaient belles, en particulier une blonde aux gros tétins ! Sur la porte, une pancarte disait : « Cherche garçon de courses. » Je me lissai les cheveux et entrai. Une des filles me jeta un regard désabusé et appela la patronne, qui hurla : « Demande-lui s'il peut commencer aujourd'hui ! Demande-lui s'il a un vélo ! » Elle m'accompagna dans la pièce d'où provenait l'horrible voix et, avant que j'entre, murmura à mon oreille : « Elle va te demander si tu connais les rues de Milan, réponds toujours oui, sinon pas de travail. » Enfin elle me poussa à l'intérieur.

À une table se tenait une grosse dondon qui avait des lunettes au bout du nez et les mains pleines de reçus, factures et paperasses.

« Puis-je avoir confiance en toi, ou es-tu comme les autres Napolos ?

— Vous pouvez, madame.

— Tu connais les rues du quartier ?

— Sur le bout des doigts.

— Tu n'es pas comme les autres Napolos, c'est sûr ?

— Madame, je vous le jure, répondis-je en embrassant mes doigts en croix.

— Pour le vélo, il faut que tu me laisses trois jours d'arrhes. Le salaire se monte à 1 800 lires par semaine, tu seras payé le samedi.

— Madame, je suis prêt, le salaire me convient. Hélas, je ne sais pas ce que sont ces arrhes, sinon je vous les laisserais immédiatement. »

La dondon marmonnait et soupirait, mais je l'avais désormais dans ma poche. Les recommandations qu'elle énuméra sur la façon de me conduire avec les particuliers auxquels livrer les vêtements et les serveurs des restaurants auxquels apporter nappes et serviettes étaient de la gnognotte. Je disposais d'un emploi et d'un vélo ! J'avais envie d'écrire une lettre sur du papier vélin pour annoncer la nouvelle à tout San Cono. Je me sentais exceptionnel, très chanceux, mais je me trompais : ces années-là et les suivantes, le travail ne manquait pas. Vous pouviez vous permettre d'envoyer votre patron se faire foutre, avec toute sa race : vous étiez chômeur le vendredi et le lundi vous aviez déjà retrouvé un travail.

La tâche était simple. Récupérer les vêtements emballés dans de la Cellophane auprès de Carmela, les chemises auprès d'Elena et les nappes auprès de Maria Rosa, puis les installer soigneusement avec l'aide de Lucia dans la corbeille en osier fixée à mon vélo. Les filles me souriaient, pareilles à des mamans ; chaque fois que je revenais remplir la corbeille, je mourais d'envie de leur soutirer des baisers et de fourrer le nez entre les seins de Maria Rosa. Comme je livrais presque toute la marchandise sur le Corso – en tout cas, pas plus loin que le viale Abruzzi –, je ne risquais pas de me perdre : je n'avais que le numéro des bâtiments à chercher. Mais j'étais lent, encore étourdi par le train qui sifflait dans mes oreilles, par le froid qui m'avait transpercé les os au cours de la nuit passée à la gare, par la désolation de la ruche… Quant au vélo, je devais monter sur la marche de la teinturerie pour me jucher dessus, et alors mes pieds ne touchaient pas terre. Une entreprise très compliquée. Si je ne suis jamais tombé, c'est peut-être parce que Dieu me soutenait de sa grande main invisible.

À la fin de la journée, un homme m'apostropha dans l'escalier sombre de la ruche. Sa chemise sortait de son pantalon et il avait une jambe de bois. Une trancheuse mécanique lui avait coupé la sienne dans une de ces usines dont tout le monde parlait, comme si elles étaient plus belles que Maria Rosa. Le boiteux touchait maintenant le salaire d'un homme qui travaillait et qui avait deux jambes, mais il ne s'éloignait pas, de crainte de rater la visite médicale surprise. Il pouvait tout au plus sortir sur le palier, ce dont il ne se privait pas, d'ailleurs. Il se penchait et contrôlait tout le quartier, ne descendant que le dimanche. Il se déplaçait alors comme un pendule vers les gens qui s'attroupaient autour de la camionnette du ferrailleur.

« Je ne t'ai jamais vu », dit-il. Je dus lui expliquer qui j'étais et à quel étage j'habitais, mais également écouter son histoire. Épuisé, affamé, j'en aurais presque mangé sa jambe de bois.

À la maison : félicitations pour la rapidité avec laquelle j'avais déniché un emploi, jalousie de Giuvà, aussi vert qu'un crapaud, et gros mots de Giorgio parce qu'on paie toujours les petiots avec un lance-pierres. En effet, j'avais beau me donner des airs d'adulte, je ne comprenais pas grand-chose aux histoires de salaire. Je m'y connaissais mieux en troc qu'en argent. Cinq images contre deux barres de chocolat, un ballon contre un pneu de vélo, une journée de travail chez don Alfio contre un panier de petits pois ou une dizaine d'aubergines, ces trucs-là. J'eus donc envie de hurler en apprenant que ce salaire me permettrait tout juste de me payer un lit dans une auberge, et je pensai que, s'il s'agissait de crever la dalle, autant rester à San Cono et travailler à la journée avec mon père : le dimanche je serais allé voir ma mère en triporteur, ou j'aurais grimpé sur l'Etna en compagnie de Peppino.

Mena sortit de la cuisine pour lui intimer le silence.

« Toutes les mères d'Italie aimeraient avoir un fils qui trouve du travail en une journée ! » s'exclama-t-elle. Heureusement qu'il y avait Mena à la ruche.

« Tu verras, quand on montera notre entreprise de maçonnerie, on te paiera bien mieux », affirma Giorgio en me gratifiant d'un pinçon sur la joue dont je n'avais pas besoin, vu que j'avais déjà du mal à tenir debout.

On cessa donc d'en parler. On avala un potage qui ressemblait à de l'eau sale, puis, en guise de plat principal, du thon en boîte. Ça aussi c'était un aliment nouveau, qui avait le goût de tout, sauf du thon.

Les jours suivants, la situation se compliqua. Les livraisons de l'après-midi n'avaient rien de difficile. Le problème, c'était d'apporter les nappes aux restaurants le matin. Contrairement aux appartements des vieillards en robe de chambre, auberges et trattorias n'étaient pas situées via del Corso, mais disséminées partout. Du viale Zara jusqu'à Lambrate, ce qui n'est pas rien. J'étais désespéré : je ne trouvais ni les rues ni les places. Je réclamais de l'aide mais si, à San Cono, yeux doux et larmes de comédien faisaient de l'effet, à Milan les gens étaient pressés et ne remarquaient même pas les pleurs. Les rares passants qui s'arrêtaient pour me fournir des indications parlaient trop vite et, lorsqu'ils me demandaient si j'avais compris, je leur répondais par l'affirmative, alors même que les mots s'échappaient de mon esprit. Je me rappelle cette saleté de restaurant du Dauphin que je cherchai pendant plus d'une heure, jusqu'à ce qu'un vendeur de journaux me dise : « Mais, l'gosse, tu vois donc pas qu'c'est là ? » Il était dans mon dos ! Un dauphin se jetant dans l'eau, à côté d'une inscription bleue, telle était l'enseigne.

Quand j'eus livré pendant plusieurs jours, le serveur de ce restaurant m'offrit à déjeuner. J'acceptai volontiers et me crus chanceux puisque j'avais droit aux plats du chef. Mais l'odeur qui s'élevait du paquet, une fois débarrassé du plastique, était nauséabonde, et tout y était entassé – un bout de viande, quelques macaronis, un morceau de fromage. Comme pour les chiens. Les fruits aussi étaient tous abîmés.

« Hé, espèce de cocu, tu me prends pour un cabot ou quoi ? » m'écriai-je en renversant le paquet devant la porte, comme un jet de vomi. Le serveur voulut me flanquer un coup de pied, mais il n'y parvint pas, ce roi des cocus. Déjà heureux que je n'aie pas brandi le couteau de mon père. Dès le lendemain, je me contentai pour le déjeuner d'une pomme croquée sur mon vélo. C'était toujours mieux que d'avoir l'impression d'être un clébard.

Quoi qu'il en soit, cet emploi m'a permis de comprendre que Milan est un endroit à la fois magique et horrible. Horrible à cause des larges rues, des voitures menaçantes, des piétons qui me criaient dans leur dialecte incompréhensible de descendre du trottoir. C'étaient des engueulades incessantes, des sueurs froides et des palpitations. Mais, sur place, les portes s'ouvraient et des immeubles aux allures de palais royaux apparaissaient. Alors ça devenait aussi magique. Silence paisible, arbres robustes, plates-bandes de fleurs écloses… Et les concierges ! Des anges venant à ma rencontre pour me faciliter la tâche. Et les appartements, avec leurs longs couloirs, leurs parquets lustrés, les mains qui tendaient quelques lires de pourboire ou un plateau de brioches ! Un véritable boulot de pape, s'il n'y avait pas eu autant de livraisons dans un laps de temps si restreint… Résultat : pressé, je fourrais des gâteaux dans ma poche ou les mangeais en une bouchée qui s'émiettait au creux de ma main. Chaque fois qu'elle me voyait m'empiffrer, une vieille gouvernante me répétait : « Va doux, l'jinot, va doux ! » et je riais sans comprendre. Le soir, je rentrais crevé, les muscles des jambes aussi durs que de la pierre. Je m'endormais dans le tramway, la joue collée à la vitre, ou debout, les bras croisés sur une barre de maintien. De toute façon, une fois le centre abandonné, il n'y avait plus rien à regarder. Et à Baranzate, moins qu'ailleurs : l'hôpital et une rangée d'usines aux innombrables toits triangulaires. Pour dire la vérité, il y avait également une buvette, au milieu des voies du terminus, où les gens du quartier se payaient un Cinzano. Tout ça parce que les pauvres diables ont aussi besoin de boire pour oublier qu'ils sont des pauvres diables.

Sept

Ça fait trois jours que je me répète ces salades, étendu sur mon lit, les mains derrière la nuque. Parfois, on n'a plus que son histoire à quoi s'accrocher. Un nouveau est arrivé ce matin à l'aube. Maintenant on est sept. Il ne manquait plus que lui. Un type râblé à tête de crétin qu'on a certainement surpris en train de voler des poules. Cinq mètres sur trois, quatre lits superposés, des chiottes à la turque, un lavabo de la taille de mon avant-bras, un trou que le soleil atteint tous les trente-six du mois. Voilà la cellule numéro 44.

Titta vient me dire que j'exagère. « Tu pourrais pas te lever et bavarder un peu ? Tu veux rester toute la journée tourné de dos ? » demande-t-il dans ce langage désordonné typique de ceux qui ne savent pas parler l'italien et qui n'ont jamais eu envie de l'apprendre. Dans son monde, le dialecte suffit largement.

« Pourquoi devrais-je me lever ? Je suis bien.

— T'as vraiment rien à foutre des autres ? »

J'aimerais lui répondre que j'en ai vraiment rien à foutre, mais je réplique : « Quel est le rapport ? Entre les yeux fermés et les yeux ouverts, il n'y a pas de différence. Si tu as besoin, tape à mon épaule. »

Je n'ai pas encore terminé ma phrase que ce mariole me tape à l'épaule. Je le dévisage en ravalant un rire pour éviter qu'il se monte la tête. « Aujourd'hui, il y a un beau coucher de soleil, annonce-t-il en me tirant par le bras. C'est difficile à croire, mais il y a aujourd'hui dans cet égout un coucher de soleil du tonnerre », affirme-t-il d'un ton convaincu. Il a la voix jaseuse, Titta, habitué comme il est à aller et venir dans ce genre de lieux sans plus se formaliser. Il regarde droit devant lui et ne cède jamais. Il étudie déjà sur un bloc-notes la répartition des cargaisons de coke que des Sud-Américains s'apprêtent à décharger dans le port de Naples. Ce que j'aime en lui, c'est qu'il n'a pas honte. Il évoque la contrebande de drogue de la façon dont un menuisier honnête évoquerait son atelier.

« Mais qu'est-ce que tu te racontes, couché comme ça ? » intervient l'autre, un certain Stefano. Un vol qui a mal tourné.

« Je tue le temps.

— Tu ne laisses pas le temps te tuer ! » corrige Titta, qui se gagne ainsi un peu plus ma sympathie, car je me sens compris.

Après avoir fumé une cigarette assis sur le lit, les genoux entre les bras, je tourne de nouveau le dos aux autres. Ils voient sans doute mes omoplates en forme de crochets qui saillent sous mon pull. Encore quelques jours. Dans deux semaines je pourrai sortir. Je laisserai ces pauvres diables ici. Et ils m'abandonneront dehors, ce qui est pire. Quand on sort, on doit tôt ou tard se retrousser les manches. Ici, on a toujours une excuse pour renvoyer les choses à plus tard.

Il me tarde de revoir Maddalena. Je ne lui ai pas précisé le jour de ma sortie. Je veux lui faire une surprise. Et je veux m'assurer qu'elle ne me trompe pas. Si je la prends la main dans le sac, il ne me faudra que deux heures pour revenir ici, à Opera[1].

Les yeux fermés, j'essaie de me remémorer les endroits que je fréquentais et où j'irai en montant dans le tram ou sur mon vélo. J'irai là-bas me raconter mon histoire. De toute façon, il n'y a pas de boulot. Si les jeunes n'en trouvent pas, comment en trouverais-je, moi qui ai cinquante-sept ans et en parais davantage ? Je partirai en vadrouille comme un chômeur, sans un euro en poche, sinon je risque de prendre de mauvaises habitudes. Les machines à sous, les jeux à gratter, le billard. Je ne sortirai qu'avec mes cigarettes pour respirer un peu d'air et me dégourdir les jambes. Des souvenirs importants rejailliront sûrement. Des visages figés dans ma mémoire, des journées que ce trou m'empêche de me remémorer, des rues arpentées comme le bassin d'une piscine. Via Plinio, via Vitruvio, via Tadino, via Pecchio, via Petrella, via Mercadante, via Pergolesi… Leurs noms me les ramènent à l'esprit avec leurs magasins, leurs trottoirs bondés et en particulier les amis que je m'y étais faits et qui sont je ne sais où à présent. La fleuriste de la via Broggi, le droguiste de la via Morgagni, le pâtissier de la via Macchi. Des gens qui m'ont aidé au cours de ces journées où je ne recevais que des savons de la patronne et des coups des passants.

Plus j'apprenais le nom des rues, plus le froid augmentait. À l'époque, c'étaient des hivers féroces, différents de ceux d'aujourd'hui, où le brouillard n'existe plus et où la neige n'est qu'une parodie de neige. Les rues se transformaient en plaques de glace, et on patinait dessus à souhait. Seuls les murs vous arrêtaient.

1. Nom de la prison la plus vaste d'Italie et de la localité proche de Milan où elle se trouve.

Par chance, l'appartement de la ruche disposait d'un poêle. Mais, sur mon vélo, je souffrais. J'avais en permanence les mains gercées et la peau rouge.

Quand la dondon, à laquelle un saint apparaissait sans doute, m'accordait une pause, je déjeunais avec les filles à l'intérieur de la teinturerie. On se disposait autour d'une table et chacun sortait sa gamelle. Les premiers jours, je mangeais du pain et des anchois, car Mena me donnait la nourriture que j'avais emportée dans ma valise. Des anchois. Puis son affection grandit au fil du temps parce que je jouais avec ses enfants. Alors elle me préparait en cachette des sandwichs et des fruits, ou des omelettes aussi fines que des hosties, mais bonnes. Elle me lançait : « Fourre-les dans ton sac et ne dis rien à personne ! »

Il valait mieux en effet que Giorgio l'ignore : il se plaignait déjà du peu d'argent que je lui versais pour le dérangement, une somme pratiquement symbolique. Du reste, je n'avais pas le choix. Avant que j'entre chez Alfa Romeo, mon salaire était lui aussi symbolique.

Au début, avec les filles, je mangeais encore moins que dans la rue, étant trop occupé à me montrer sous mon meilleur jour, en particulier à Maria Rosa, si bien roulée et si bien coiffée. Quand elle m'adressait la parole ou me tendait la carafe d'eau, mon cœur se pâmait. Je parlais de San Cono, de ma mère, de l'école de la via Ginepri, je posais des questions en essayant d'amener la conversation sur des sujets connus, par exemple une fiche de géographie, et je contemplais Maria Rosa, bouche bée. Le jour où son fiancé, un mécanicien en combinaison grise et aux cheveux brillantinés, frappa à la vitrine de la teinturerie, le monde se colora de noir. Mais elle ne remarqua ma jalousie qu'au moment où je le fis trébucher : il heurta mon pied en s'approchant pour la saluer et s'étala par terre. Il se releva, rouge de honte, et ce jour-là au moins évita de l'embrasser. La dondon m'ordonna de lui présenter mes excuses, mais moi, jamais de la vie. Bibi ne s'excuse pas.

Maria Rosa cessa donc de m'adresser la parole. Or plus elle me boudait, plus je la trouvais belle, et plus je voyais son fiancé, plus j'avais envie de l'éliminer. Je n'avais pas peur des coups qu'il risquait de me flanquer, lui qui était trois fois plus gros que moi. Mieux, je lui lançais des regards de défi. J'envisageais toutes sortes de punitions : lui lancer des aiguilles avec une fronde, lui planter une fourchette dans la main ou pointer mon couteau contre son menton, comme le frère de Peppino quand il s'amusait à nous effrayer. Les autres filles furent elles aussi déçues par ma conduite. Désormais elles ne me répondaient plus que rarement à table. Je recommençai donc à manger seul comme un chien sur mon vélo. À l'exception du jeudi : ce jour-là, je déjeunais sur le comptoir de Gerino, le concierge de la via Palazzi, un type qui frisait sa moustache avec du jus de citron. Ah, ce Gerino, il en connaissait des histoires cochonnes, et je l'aimais bien !

J'écrivais à mon père quelques lettres brèves, réservant les longues à Peppino et à M. Vincenzo. Ou plutôt j'écrivis d'abord à mon père des cartes postales. Je les achetais à un kiosque qui possédait un grand tourniquet. Elles montraient le Dôme, la place de la gare, les Navigli, la Vierge dorée, et je les regardais, l'index sur la bouche, sans savoir me décider. Mon père répondait que la santé de ma mère ne variait pas, et San Cono non plus. Un trou. Je lui écrivais alors de ne pas se plaindre : certains endroits de Milan étaient eux aussi un trou fini et mes journées dans la ruche ne variaient pas non plus. Comme le parcours du tramway, qui ne change jamais. J'ignore si le dimanche valait mieux. Il n'en finissait pas. D'abord, tout le monde se lavait lentement. Les hommes se rasaient dans le sens du poil et dans l'autre, et comme j'étais le dernier à utiliser la salle de bains, Giorgio et Giuvà étaient déjà partis se promener quand j'étais prêt. L'envie me prenait alors d'ébouriffer mes cheveux peignés avec la raie, de sortir ma chemise du pantalon et de pousser un hurlement à en briser les vitres. Je restais avec Mena qui m'expliquait comment préparer les repas et me demandait si ça marchait au travail. Au début, je boudais et lui parlais le dos tourné. Je regardais la cheminée d'usine cracher des ronds de fumée et comptais les heures qui me séparaient du lundi, lequel m'apparaissait comme une libération. Puis je me calmais et allais jeter la série de bouteilles que Giorgio et Giuvà avaient vidées la veille au soir, j'aidais Mena à couper les oignons, ou je jouais avec Mario et Carletto en leur chantant une autre chanson de mon cru : « Mario et Carletto / font les gogos / puis vont au dodo. » Ces petiots m'adoraient. Ma vue leur tirait des rires.

Si j'avais envie de me promener, je proposais à Mena de venir avec moi. Mais elle dégainait mille excuses : le repas à préparer, l'appartement à nettoyer, les deux petits à surveiller. Aussi je sortais tout seul. Brièvement, car il n'y avait rien autour de la ruche. Un horizon d'usines petites et grandes, des rangées de toits pointus et de hangars en tôle. Personne ne savait ce que ces hangars cachaient. Un dimanche où je me rendais à l'église, je vis sur le parvis des hommes occupés à remplir des bulletins du loto sportif. À l'intérieur, sur les bancs, juste quelques femmes et quelques gamines aussi moches que des trognons de pomme. Quant au prêtre… il s'emmerdait plus que les autres et prêchait sans conviction. L'église non plus n'avait rien à voir avec celle de San Cono, où le père Fabrizio, le cousin de mon père, prenait soin de tout, la propreté, les bougies, la fresque de l'Ascension, le sol en marbre astiqué par les bigotes du village. À Baranzate, tout était en mauvais état : à l'évidence, une fois émigrés, les gens se désintéressent même de Notre-Seigneur Jésus-Christ et de sa mère la Vierge. Un autre dimanche où je ne savais que faire, je m'aventurai dans l'escalier de la ruche. J'atteignis le grenier. Après le dernier étage, en effet, une volée de marches menait à une porte de fer. Je l'ouvris laborieusement en poussant des deux mains, car la poignée était rouillée. Je découvris un grand espace qui s'élevait en forme de pyramide. Il n'y avait pas de balustrades sur les côtés et les garde-fous étaient bas : même un petiot comme moi pouvait se pencher. Cartons, excréments, tessons de bouteilles, poêles cassés, briques pourries, meubles dégondés étaient entassés là. Je m'apprêtais à entrer quand je me ravisai sous l'effet de la peur : dans un coin, un tas d'énormes rats au poil gris s'agitaient, se battant peut-être pour un morceau de nourriture ou s'adonnant à une orgie. Je refermai la porte et dévalai l'escalier. Je priai pour qu'il n'y ait ni rats ni saleté à l'hospice de Catane.

« Si tu t'étais dépêché, on t'aurait emmené, espèce d'escargot ! » me lançaient Giorgio et Giuvà à leur retour. Pour être honnête, je sentais alors grandir en moi une forte envie de leur cracher au visage.

Si le dimanche était assommant, c'était aussi parce qu'ils sirotaient du vin même après le déjeuner et que je devais écouter leurs discours sur l'entreprise de maçonnerie qu'ils entendaient monter. Debout comme une sentinelle près de Mena qui ravaudait les chaussettes, je me demandais par quel mystère ils ne s'ennuyaient pas, immobiles, sans jouer. Puis ils faisaient la sieste, et le soir tombait en avance dans l'appartement. On baissait les volets et les pièces se noyaient dans le silence. Alors j'endormais Mario et Carletto avec la chanson de mon cru, puis écrivais une lettre dans le fauteuil en glissant sous le cahier un carton qui me permettait de suivre les lignes. J'écrivais à Peppino que les jeunes, à Milan, ne savent pas s'amuser ; au maître, que certaines journées paraissaient trop longues. Je lui écrivais aussi que j'avais du mal à remplir mon journal, non parce que j'étais fatigué, mais parce que j'avais besoin de tranquillité et que cette maison était un véritable asile de fous. Je ne relisais jamais ces lettres, tant j'avais honte de mon écriture. Si bien que je posai un jour cette question au maître : « Pardon, monsieur, mais quand on ne sait pas écrire comme M. Pascoli, ne vaudrait-il pas mieux laisser tomber ? »

Les choses se gâtèrent le jour où je constatai qu'ils ne m'avaient pas prévenu que mes provisions étaient terminées et que Giorgio me réclama davantage d'argent, ce qui signifiait ne plus garder une lire pour moi, alors que j'économisais déjà en m'abstenant de payer mon billet de tramway. Surtout, elles se gâtèrent quand mon père m'écrivit : « N'oublie pas que j'ai donné à Giuvà des sous pour les urgences, utilise-les si besoin. » La perplexité m'envahit. Giuvà et moi nous étions souvent disputés, mais jamais pour de l'argent. Un jour, nous avions bataillé parce qu'il prétendait que son emploi de nettoyeur de trains valait mieux que le mien. Des conneries : il recevait le même salaire que moi, qui étais un petiot, et de surcroît il travaillait par rotation. Pour obtenir ce poste, il avait dû payer un chef de coopérative, un de ces voleurs qui profitaient des émigrants.

« Et tu ne travailles pas avec Maria Rosa qui a deux tétins fantastiques !

— Tais-toi donc, langue pendue !

— Tais-toi, toi, espèce de buse !

— Petiot, un peu d'éducation ! Toujours à crâner ! » Et il essayait en vain de me flanquer un coup de pied. « Bas les pattes, ou je le raconte à mon père ! »

À mes cris, Giorgio accourait et, comme la petite bossue tatillonne, disait dans un soupir : « Les Deux Nigauds, arrêtez, et venez à table ! » Nous arrêtions donc, quand nous ne nous mettions pas à nous battre pour savoir qui, de nous deux, était Abbott, puisque aucun ne voulait être Costello[1].

Une autre fois, on se querella parce qu'il m'avait arraché des mains une lettre adressée à mon père. J'y avais écrit qu'il m'avait fait dormir à la gare et que sa famille n'était pas généreuse, qu'elle n'avait pas de chambre d'invités, qu'elle vivait dans une ruche pas plus grande qu'une tanière de chat, me donnait au petit déjeuner de vieux biscuits à la cuiller et réclamait la moitié de mon salaire pour le dérangement. J'écrivais sur le lit, couché sur le ventre, quand Giuvà m'arracha la feuille. Il la lut tout haut en trébuchant sur tous les mots, car il était ignare comme une sale bête des champs. On échangea des grands cris et il finit par me clouer le bec avec cette menace : « Si tu ne dors pas, je t'étrangle. » Je fondis en larmes, la tête sous l'oreiller, désespéré. Il s'endormit, la lettre à la main.

1. Duo de comiques américains actifs entre les années 1940 et 1950.

Je me concentrai pour éviter de fermer l'œil. Cette nuit-là, ce ne furent pas les moutons que je comptai, mais tous les animaux que Noé avait embarqués dans son arche. Le matin, je me levai à l'aube et le regardai dormir : on aurait dit un bœuf. Je me préparai à sortir sur la pointe des pieds. J'ouvris la porte et, avant de m'engager dans l'escalier, m'approchai de son gros orteil puant qui jaillissait de sous le drap. Le nez bouché, je le mordis jusqu'à l'os. Giuvà poussa un cri de bourricot terrassé et réveilla tout l'immeuble, manquant de provoquer une attaque à Mena, Giorgio et les deux petiots. Je filai, la lettre à la main, avec dans la bouche ce goût immonde qui m'obligea à cracher sur les marches.

Mais l'épisode du gros orteil était une bêtise. Je m'en tirai avec un coup de pied avant d'aller dîner. Pour l'argent, ce fut une autre paire de manches, et je dus attendre la bonne occasion pour agir. Curieusement, un dimanche matin, Giuvà m'emmena en promenade. En chemin, il me raconta que la seule solution pour acheter un camion et mettre sur pied son entreprise consistait à s'endetter. Dès qu'il évoquait ce sujet, il prenait la tangente et exposait ses rêves de richesse. Je l'approuvais toujours. À la buvette voisine de l'hôpital, il m'acheta une brioche et commanda un Cinzano. Il n'avait pas remarqué qu'avant de sortir j'avais emporté mon sac en bandoulière. J'avais glissé dedans mon journal, deux petits pains, de l'eau et le pull bleu que ma mère m'avait tricoté. Au moment de payer, il sort de sa poche la pince retenant les billets de banque. Alors, sans perdre de temps, je fourre la brioche dans ma bouche, lui saute au cou et m'approprie la pince. Aussitôt il renverse une table pour m'attraper. Cascades d'injures. Je lui crie :

« Voleur ! Mon père viendra à Milan te casser les dents l'une après l'autre !

— Saleté de mioche ! » hurle-t-il. Il court à perdre haleine, suscitant les rires des gens qui attendent le tramway.

Deux messieurs se lèvent de table et s'exclament : « Bouseux du Sud, rentrez chez vous ! » mais le barman s'en fout, primo parce qu'il est lui aussi un bouseux du Sud, deuzio parce que le spectacle le fait crever de rire. À force de courir en agitant la pince, je dérape sur une pierre et m'égratigne le genou. Au moment où Giuvà va m'attraper, je saute dans le tramway qui referme ses portes et démarre. Alors je lui lance de la vitre « Adieu, adieu, putain de "pays" ! » et le salue d'un geste de la main.

Huit

Maddalena s'est présentée à 15 heures pétantes, comme tous les jeudis. Elle sort de chez le coiffeur et c'est une beauté. J'ai l'impression que ma femme ne vieillit pas. Elle m'a fait remettre trois pulls qu'elle est allée acheter tout exprès ce matin au marché. Elle est ensuite rentrée à la maison, elle a mangé des pommes de terre au four pour le déjeuner et elle a pris le car jusqu'ici. Je lui demande si les forains ont tenté d'engager la conversation pendant qu'elle choisissait. Pour toute réponse, elle hausse les épaules avec un sourire modeste qui me donne encore plus envie de casser la vitre pour l'embrasser. D'après Maddalena, je dois changer de pull plus souvent, les vêtements des fumeurs empestent vite. Cela dure depuis des années. Je ne suis même plus capable de dire si je connais vraiment ma femme. Il se peut que je connaisse seulement ce qui n'est plus. Après avoir bavardé un moment, nous nous dévisageons, nos voix couvertes par le silence. Muets à travers la vitre du parloir. Elle fixe mes mains, j'essaie de la radiographier, de voir sa peau sous sa robe, ses pensées dans sa tête. J'aimerais lui poser des questions sentimentales, comme les jeunes du lycée, mais une mystérieuse gêne me raidit bras et jambes.

Tandis que nous nous observons, je pense que ma cellule est vide : les autres commençaient ce matin le cours de pâtisserie, auquel j'ai refusé d'assister. Rien à foutre de la pâtisserie. À l'idée de la cellule vide, je suis saisi d'une envie irrépressible de remonter, aussi je dis à Maddalena que j'ai mal au ventre et que je dois aller aux toilettes. Elle comprend que c'est une excuse et en est chagrinée, compte tenu du chemin qu'elle a parcouru.

Dans la cellule, il n'y a que le nouveau venu à tête d'idiot. Les écouteurs dans les oreilles, il ne m'entend même pas entrer. Je me jette aussitôt sur le lit. Je mets les mains derrière la tête et ferme les yeux.

Après l'humiliation que j'avais causée à Giuvà, j'étais obligé de déménager. « Il faut que je trouve un logement », me répétais-je dans le tramway en essuyant mon écorchure avec une feuille de journal. Je regardai combien il restait d'argent dans la pince : moins de la moitié de ce que mon père lui avait confié. Pas grand-chose.

Le terminus était situé corso Sempione, près d'un immense arc de triomphe avec des chevaux volants. Il donnait sur un parc rempli d'étals ornés de papier mâché. Une odeur de Noël flottait dans l'air et je m'interrogeai sur le Noël à l'hospice de Catane. Pendant ce temps, j'entrais à la foire. On y vendait friandises, poupées de chiffon, barbe à papa, vin cuit. Je m'achetai de la barbe à papa, que je mangeai tel un chien. Je m'assis sur un banc, ouvris mon journal et commençai à écrire mes pensées. Mais elles étaient très brèves. Pas comme dans les livres d'histoire, dont on remplit les pages en alignant phrase après phrase. Mes feuilles étaient tout juste tachées de quelques mots, écrits laborieusement et non relus. Un monsieur me demanda si j'étais perdu. Il m'appela lui aussi « l'jinot ». Je répondis par la négative et partis. Plus loin, un type dont le chapeau lui tombait sur les yeux jouait de l'accordéon, ses doigts courant si vite qu'il était impossible de les suivre. Bien que ce fût un air de Noël, il n'était pas triste, il vous donnait même envie de taper du pied. À la fin, les gens s'approchèrent et déposèrent de l'argent. Je laissai quelques pièces moi aussi.

La vue de ce musicien me ramena Antonio en mémoire et je me dis que, si je ne voulais pas dormir à la belle étoile, j'avais intérêt à lui rendre visite. Je cherchai dans mon journal la page où il avait écrit l'adresse de son logement. Il me fallut beaucoup de temps pour atteindre le viale Brianza. Je dénichai l'auberge à l'heure du dîner. Je frappai à trois portes et interrogeai chaque fois : « Antonio le musicien est ici ? » Enfin un gros homme éclata de rire et s'écria : « Antonio le musicien ! Un chéri à la porte ! »

Je le saluai par son prénom et voulus savoir s'il était devenu pianiste professionnel. Il m'invita à entrer et je lui racontai ce qui m'était arrivé. Il déclara que je devais me réconcilier immédiatement avec Giuvà, mais je lui répondis que, s'il refusait de m'héberger, je dormirais dans l'escalier de l'auberge. Antonio soupira et secoua la tête, puis il me présenta ses compagnons, tous adultes.

L'auberge du viale Brianza était un immeuble de trois étages rempli de dortoirs. Des groupes de travailleurs immigrés et des familles récemment installées. Sept personnes dormaient dans la chambre d'Antonio avant mon arrivée. Les murs étaient écaillés et la puanteur des toilettes collectives du palier s'insinuait jusque dans la pièce. De cette chambre, je me rappelle le lustre pendant, l'odeur de la laine roussie que dégageaient les pulls trop souvent posés sur le poêle et l'air lourd de sommeil qui stagnait jusqu'au soir. Pourtant, ses occupants étaient gais. Ils venaient tous des Abruzzes. C'étaient tous des hommes. Et tous des maçons, à l'exception d'Antonio. À mon entrée, ils me tendirent des *taralli* et des tranches de saucisson sans poser de questions. Je m'assis pour le dîner à côté de Currado, un type immense aux joues de cocker. Il y avait aussi Ruggero, aux rouflaquettes et au ventre de pélican, qui préparait des *spaghetti alla chitarra*[1] – un délice. Bref, lorsqu'on se mit à dormir, tête-bêche, la première nuit, j'annonçai à Antonio que je tenais à rester à l'auberge et le priai de ne pas s'inquiéter pour l'argent : je ferais en sorte qu'il y en ait assez. Alors il soupira une nouvelle fois dans la chambre sombre et marmonna : « Fais ce que tu veux. »

Je disposais d'un seul moment pour aller chercher mes affaires : après le travail. Mena était fâchée elle aussi et, pour se venger, elle m'empêcha de voir les petiots. Giorgio se contenta de dire : « Je ne te connais pas, mais sache que, si tu veux rester ici, il te faut montrer du respect et avoir la tête sur les épaules. » Giuvà était au travail, tant mieux. Je saluai le boiteux qui fumait dans l'escalier. Une affreuse odeur de brocolis s'échappait de son appartement. Il affirma : « Il est toujours bon de quitter cet endroit. » Je déposai un paquet de sel devant chaque porte. Le soir, les lumières du tramway évoquaient des cierges jaunes et somnolents.

Avant de m'installer viale Brianza, il fallut que je verse des arrhes au patron, M. Cattaneo. Une semaine tout rond de mon salaire de garçon de courses. Il déclara

1. Pâtes rectangulaires, non rondes comme les spaghettis normaux.

qu'il me procurerait bientôt un lit de camp. En réalité, il ne me le fournit jamais, et je dormis sur un matelas que je soulevais et appuyais contre le mur avec l'aide de quelqu'un le matin.

Le bonheur, dans l'auberge, c'étaient les repas. Le soir, je descendais avec les autres dans une cave froide, située dans les souterrains du bâtiment et meublée d'une table, de chaises, ainsi que d'une cuisinière avec brûleurs et four. Une grande feuille de papier sur la porte indiquait les horaires du dîner et, comme tout le monde avait le droit de manger en paix, chacun devait respecter rigoureusement son créneau horaire. Le nôtre étant le dernier, on dînait à 21 h 30. « Au moins, on ne vient pas nous déloger », commentait un certain Evandro. Ruggero et Currado préparaient des saucisses à la tomate ou des pâtes, parfois des cuisses de poulet et des paupiettes. C'étaient de grosses assiettées et, dans leur hâte, certains se salissaient jusqu'au front. On sauçait ensuite avec des quignons de pain et, quand c'était l'hiver, on filait dans la chambre, la bouche pleine, pour ne pas geler davantage. Dans cet endroit infernal, on avait l'impression de manger en plein air et, chaque soir, M. Cattaneo avait droit à quelques remarques. Malédictions, souhaits de peste bubonique, colique, serrement de couilles. J'aimais la façon dont la petite troupe était organisée. Les Abruzzais étaient ignares, mais en rien arrogants.

Un jour, j'accompagnai Currado à la cabine téléphonique. Avec les pièces que j'avais en poche, j'appelai mon père. Pour lui parler, il fallait téléphoner à la laiterie de Gioacchino, au cri duquel il dévalait l'escalier. Les pièces tombaient très vite, alors, pour lui laisser le temps de me donner son avis, je débitai les choses à toute allure – la dispute avec Giuvà, l'amitié avec Antonio, l'emménagement dans son auberge. Il se contenta de dire : « Tu sais ce qui vaut mieux. » Pas un mot sur maman.

Un samedi après-midi, je sortis avec Ruggero, un petit homme aux cheveux blonds et aux yeux noisette. Il avait la réplique facile et aimait faire des commentaires sur les passants, en particulier sur les femmes. À l'« alimenterie » j'achetai cinq kilos et demi de pâtes, quatre bocaux de sauce tomate et trois miches de pain des Pouilles.

« Tu es sûr de pouvoir te permettre cette dépense ? me demanda-t-il à la caisse.

— Oui ! m'écriai-je tout fier en brandissant ma pince à billets.

— Tu sais, ça peut attendre. De toute façon, tu ne manges pas plus qu'un ver de terre. » Et il me frotta un doigt sur le cou.

Devant l'« alimenterie », Ruggero s'empara de mes sacs pour me permettre de marcher et sautiller jusqu'au viale Brianza. De temps en temps, je rêve de mes amis de l'auberge. Ils viennent me chercher en prison. À leur vue, je redeviens petiot, et ils m'emmènent faire un tour en ville. On est samedi après-midi, le soleil futile de Milan brille, vous éclairant la peau, et je suis content. Cette auberge est peut-être le seul endroit où j'ai eu le temps de me sentir petiot. En particulier le samedi soir, quand Antonio sortait jouer du violon et que les autres allaient danser. Comme les femmes ne m'intéressaient pas encore, je restais avec Currado, Ruggero et Filippo, qui se déchaînaient en cuisine. N'étant que quatre, nous pouvions dîner dans la chambre sans avoir à descendre à la cave, et c'était fête nationale pour eux. Ils rapportaient des sacs pleins de pain, de biftecks, de viande hachée pour la sauce, de poulets à préparer dans le poêle, de vin de Barbera, d'eau-de-vie et de gâteaux au chocolat. Ruggero s'écriait avec un sourire rusé : « Allez, faites de la place, les Ricains sont arrivés ! » Tandis qu'il descendait cuisiner, on poussait les lits de camp dans un coin et on dépliait une petite table que je me chargeais de dresser avec soin, couteau à droite et fourchette à gauche. Pendant le repas, Currado déclarait que les commerçants du Nord s'étaient enrichis grâce à la faim des bouseux du Sud.

« On la portait sur nous, la faim. Dans nos os, répétait-il en remplissant son assiette. Et en travaillant on a commencé à manger un peu en paix, nous aussi, à satisfaire certaines de nos envies. »

En effet, à San Cono, on ne voyait certains aliments qu'à Noël ou quand on se retrouvait à l'hôpital (les bananes et la crème glacée, par exemple). Parfois on mangeait le même plat pendant des mois, si bien que mon père disait, aux champs : « Ce soir, on aura pour dîner des pâtes aux petits pois, mais pas demain, mon cher Ninuzzo ! Demain, on aura des petits pois aux pâtes ! » Il riait, découvrant ses dents gâtées. Filippo approuvait Currado, cependant il prétendait que, la nourriture exceptée, il valait mieux vivre dans son village : on rencontrait toujours du monde sur la grand-place et il y avait davantage de solidarité. Alors ils se querellaient, et Currado criait si fort qu'il paraissait encore plus gros. Une montagne humaine. Il hurlait : « Comment peut-on regretter un endroit sans avenir où on se lève de table l'estomac dans les talons ? » Quand il parlait de la sorte, je m'en souviens, je cessais de mâcher et je hochais la tête, bouche bée. De nouveau, je sentais dans mon estomac des râles d'âne. Le goût du sel rance des anchois, qui me donnait envie de boire de l'eau à la régalade. Une fois la table débarrassée, Currado et Filippo se lançaient dans de longues parties de *scopa d'assi*. Ruggero, qui détestait les cartes, jouait aux dames avec moi. Au cours de ces soirées, ils m'invitaient en chœur à abandonner la teinturerie pour devenir maçon.

« C'est plus intéressant et plus lucratif », assuraient-ils.

Un soir où nous jouions aux dames, j'avouai à Ruggero que c'était mon anniversaire. Alors, les mains en l'air, il s'exclama « Stop ! », laissa la partie en suspens et déclara qu'il descendait me préparer quelque chose. Il revint avec une omelette dans laquelle il planta des allumettes en guise de bougies. Tous trois chantèrent « Joyeux anniversaire » aussi faux que des vaches. Ce fut une fête magnifique. Si M. Pascoli avait été là, il aurait sûrement écrit un de ses poèmes, un de ceux qui étourdissent. Ce soir-là, je fêtai mes onze ans. Il en fallait quatre de plus pour avoir le droit d'entrer à l'usine.

Neuf

Titta, qui n'arrive pas à s'endormir, me réveille à force de se retourner dans son lit. Alors nous nous mettons à fumer près du trou et à parler tout bas. Les autres ronflent. Des pas lourds montent de l'extérieur, tout comme des bruits de camionnettes qui entrent et sortent, au loin. Nous disons que la nuit doit être belle dans la rue. Titta est vraiment content que je m'en aille dans quelques heures, il me bombarde de recommandations comme s'il était mon père, lui qui est plus jeune que moi et n'a même pas les cheveux tout blancs.

« Quand j'étais petit, je rêvais de présenter le festival de Sanremo, et toi ? » lance-t-il, les yeux fixés sur l'obscurité.

Je mets la main sur ma bouche pour éviter de faire trop de bruit et réponds :

« Moi, je rêvais d'être poète. »

Titta me dévisage, admiratif, les lèvres en avant, les sourcils étirés vers le front, les yeux surpris. Puis il éclate de rire. Comme si j'avais dit « cracheur de feu » ou « dompteur de lions ». Ce contrebandier inculte rit tant que son cou enfle et que sa gorge produit un étrange sifflement.

« Ninè, mais à quoi servent les poètes ? À quel moment devient-il indispensable d'en connaître un ? »

Je lui dis qu'il ne comprend rien et, bien que je sois moi-même incapable d'expliquer à quoi servent les poètes, j'ajoute qu'il est un rustre irrécupérable.

Il change de sujet et affirme qu'à sa sortie il s'occupera de deux ou trois autres cargaisons de drogue, puis s'installera en Amérique du Sud. Dans un de ces pays tout en chaleur, mer transparente et, au besoin, jolies femmes.

« Tu m'accompagneras ? »

Je réponds que j'ai l'intention de rester à Milan avec ma femme et d'attendre de connaître ma petite-fille. Il opine du bonnet pour me signifier que ce jour viendra bientôt.

Nous parlons encore. De l'avenir qui m'inquiète, du monde, de la prison. Soudain, il interroge : « Ça t'irait de me raconter un bout de ces choses que tu te dis les yeux fermés ?

— Titta, je ne suis pas capable de raconter à voix haute, je ne suis pas assez doué. »

Alors nous recommençons à contempler le ciel jusqu'à ce qu'apparaissent quelques rayons de lumière violette. Peut-être avons-nous tous deux le sentiment d'être des amis qui sont allés dîner après leur travail et ont passé une bonne soirée, avec cette liberté que partagent uniquement les détenus.

Entrer et sortir sont l'affaire d'un instant. C'est l'intervalle qui est infini. Un agent blond aux yeux bleus, qui ressemble à un Allemand, martèle mon nom sur le seuil de la cellule : « Giacalone Ninetto. » J'ai peu d'affaires et je les fourre en vrac dans mon sac. Rien à dire à Titta, juste une longue étreinte et ses mains qui me saisissent les joues.

« Maintenant que tu rentres chez toi, mange, s'il te plaît, me recommande-t-il fraternellement.

— Il se peut que je débarque un jour en Amérique du Sud. Fais-moi savoir où tu t'installes. »

Nous partageons un dernier rire. En les recomptant au moment de sortir, je me dis que nous en avons échangé un bon nombre ici. Il m'offre un paquet de Multifilter et je lui laisse mes MS light. Avec les autres, juste un salut qui n'interrompt pas leur inactivité.

Dehors, la neige. D'une main, j'essaie d'attraper des flocons, mais ils sont aussi fuyants que des mouches.

L'étourdissement provoqué par les voitures et les bruits de la ville est difficile à décrire. Il est ardu de se mettre en route. Tandis que j'avance en rasant le mur, une lecture faite il y a plusieurs années me revient en mémoire, l'histoire d'un ancien détenu qui se réfugie dans un monastère. Je ne suis pas moins attaché que lui à la Vierge et à Jésus-Christ, cela pourrait être une bonne idée. Je me demande si je connais les gens qui marchent à mes côtés, qui viennent en sens inverse, qui me croisent. Si ce sont des amis de l'usine, des camarades du syndicat, des gens du quartier. S'ils passent en silence pour me signifier tout leur mépris. Plusieurs heures me sont nécessaires pour atteindre la via Jugoslavia. Je ne prends ni le bus ni le tramway et, une fois arrivé, ne sonne pas à l'interphone. J'attends patiemment que quelqu'un entre et je me faufile derrière.

« Pardon, qui êtes-vous ? » jette le monsieur chapeauté. Je le fixe droit dans les yeux et poursuis mon chemin sans répondre.

Quand elle ouvre la porte, elle bondit presque et lâche sa cuiller en bois, tachant de tomate le carrelage. J'ai la tête trempée de neige, des flocons sur mon blouson et sur mon sac dont je me débarrasse aussitôt. Nous nous étreignons, mais elle ne m'embrasse pas. Elle court à la salle de bains chercher une serviette, et la façon qu'elle a de me frotter le crâne est son baiser à elle. En robe de chambre, pas coiffée ni poudrée, je la trouve différente. Il me semble que le temps a passé aussi pour ma chère Maddalena.

J'essaie de m'activer sans tarder. Je lui demande si je peux réparer quelque chose dans cet appartement toujours identique, avec son canapé à fleurs, sa table en noyer éraflée, sa tapisserie couleur peau de pomme de terre, que j'aimerais arracher immédiatement pour peindre les murs en blanc. Mais elle dit non à tout. Y compris à ma proposition de cuisiner avec elle.

« Repose-toi, repose-toi. »

Elle le répète sans cesse, comme si j'avais trimé en prison et ne m'étais pas fait dévorer par les vers. J'erre tel un somnambule dans ce vieux deux-pièces. Je pisse en oubliant de fermer la porte. La prison vous ôte les bonnes manières. Vous les oubliez parce qu'elles sont inappropriées au milieu de toute cette saleté. Dans l'armoire à glace tout est à sa place. Lames, après-rasage, peigne, laque. Les cheveux… il y a dix ans, j'en avais encore, pas la moindre calvitie. Je referme le battant. Ma tête dans le miroir me donne l'impression d'être encombrant. Sans doute parce qu'il n'y en avait pas en prison : on finissait par se croire inconsistant.

Dans la chambre, je renifle le matelas comme un chien antidrogue. Il sent la lessive, rien d'autre. L'oreiller dégage une odeur de Baby Shampoo Johnson, le shampoing couleur blanc d'œuf qui convient aux petiots et qui est le seul que Maddalena utilise pour se laver la tête. Le téléviseur à écran plat est certainement un cadeau d'Elisabetta. L'image est extraordinaire : même le présentateur du journal semble moins balourd que d'habitude. Devant la photo de nous trois au parc d'attractions, j'allume une Multifilter de Titta. Elisabetta doit avoir douze ans, Maddalena porte la fourrure que je lui avais offerte et moi, un drôle de chapeau marron. Je pense à Stefano, le voleur, qui se tenait de longs discours dans la cellule en regardant la photo de son fils. Ma femme m'a-t-elle parlé de temps en temps devant ce cliché encadré ? Ma fille s'est-elle adressée à moi une seule fois ? Ont-elles dit à ma petite-fille : « Le monsieur sur la photo est papy Ninetto, il va bientôt rentrer à la maison » ?

« Ici, on ne fume pas ! » s'exclame Maddalena derrière moi, m'effrayant tant que je manque de tomber. Elle me pousse dans le dos et nous gagnons la chambre en faisant le petit train. Puis elle se rend à la cuisine pour préparer le déjeuner, et me voici désœuvré. Une demi-heure s'est écoulée, pas plus.

« Je t'aide à mettre le couvert ?

— Repose-toi, repose-toi. »

Je vais à la fenêtre. En face, on construit un immeuble. Avant, il y avait un champ, et on avait plus de lumière. Titta avait raison, quand je lui confiais que j'avais peur de trouver le monde changé, il me disait de ne pas m'inquiéter et concluait sagement : « Dehors, on joue toujours le même refrain. » En effet, l'immeuble n'a pas changé. Les habitants non plus. Je reconnais les Aleardi, les Rossi, les Gattesi du cinquième étage. Ils ont juste dix ans de plus sur les épaules. En revanche, je ne reconnais pas les enfants derrière les adolescents. Ils ont changé de tête, de taille, de voix. Certains ont peut-être déjà oublié qu'ils ont été enfants.

Nous étions huit dans notre dortoir, mais Ruggero, Filippo, Evandro et deux autres regagnèrent leur village pour les fêtes. Aussi, en ce Noël 1962, je restai avec Antonio et Currado, qui cuisina pour un bataillon.

« Si on ne se met pas aux fourneaux, ça n'a pas l'air d'une fête, et on devient mélancolique », affirmait-il en allant et venant du dortoir à la chambre avec des plats chauds en équilibre sur ses bras.

Or, malgré tous ces mets, Antonio et moi étions mélancoliques. Moi parce que j'avais les idées embrouillées – ma mère, San Cono, l'école, le travail, Giuvà, Maria Rosa –, Antonio parce que, ayant un urgent besoin d'argent, il avait décidé de partir pour les montagnes du val d'Aoste et de travailler une saison comme berger. Il était las de la ville, il en avait terminé avec la musique, il se sentait humilié. Il prétendait que tout était décidé et qu'il n'avait pas envie d'expliquer le pourquoi ni le comment. Il partait lui aussi avec un « pays ».

« Tu as raison, dit Currado. Comme ça, au printemps, tu pourras aller ramasser des fleurs en Ligurie et en automne les olives à Taggia. Une fois que tu te seras brisé le dos, tu auras le choix : retourner en Calabre ou chercher à toute allure un emploi à l'usine et te mettre du plomb dans la cervelle. » Mais il le disait avec cet air doux et gentil que lui seul possédait. Currado, lui, n'avait pas regagné son village car il n'y avait plus personne.

« Frères couteaux et cousins serpents », répétait-il, et ces mots lui suffisaient pour raconter son histoire.

Après le dîner arriva un quatrième convive, absolument inattendu : Giuvà. En le voyant sur le seuil, j'eus froid dans le dos, même si, à en juger par son air de chien battu et le flegme avec lequel il tapait des pieds par terre pour se débarrasser de la neige, il n'avait pas de mauvaises intentions. Dommage : avec deux gifles, Currado l'aurait étendu au sol comme un bourricot qui a reçu une balle. Avant même que Currado lui ait demandé son nom, il se présenta, le chapeau à la main, et Antonio lui servit aussitôt du café chaud.

« Je rentrais du travail et je voulais présenter mes vœux à ce petiot, qui n'est plus si petiot que ça et qui se donne des airs, dit-il en souriant. Dehors, la neige continue de voleter », poursuivit-il pour ajouter quelque chose, étant donné que personne ne lui rendait son sourire.

Il était abattu et las, mais il se forçait à raconter des choses gaies : il avait mangé du *panettone*, il n'y avait personne dans les trains, la gare était propre et silencieuse. En réalité, tout le monde sait qu'une gare vide est la tristesse par excellence. Quand elle est vide, que c'est Noël et que vous devez travailler, c'est carrément l'horreur. De fait, je pensais qu'il mentait comme d'habitude et qu'il ne fallait pas lui faire confiance. Il m'adressait peut-être des sourires faux en attendant de me ramener à la ruche et de me flanquer des gifles, ou alors de récupérer l'argent avec la pince. Currado déclara que quatre hommes qui ne jouent pas aux cartes à Noël sont vraiment des femmelettes et il mélangea le paquet de ses mains durcies par le mortier. Giuvà et moi contre Antonio et Currado. Ils nous battirent à plate couture. On perdit la première, la deuxième et la troisième partie, car Giuvà avait demandé qu'on lui verse du vin après le café. Il avalait verre sur verre et n'arrivait pas à mémoriser les cartes. Quand il posait la mauvaise et que Currado remportait la main, il abattait la paume sur son front et répétait : « C'est le vin ! » Il passa la nuit chez nous. Le lendemain matin, fête de

Santo Stefano, on sortit dans l'intention d'assister à la messe, mais on s'arrêta au bar.

« De toute façon, personne d'entre nous ne porte ce prénom, ce n'est pas grave », affirmait Giuvà en riant comme un crétin.

Avant de prendre le tramway, il me proposa de l'accompagner un peu. Tandis que nous nous dirigions vers l'arrêt, je m'abîmai dans un silence raide. Giuvà déclara qu'il regrettait ce qui était arrivé et ajouta des explications inutiles.

« La banque va bientôt nous donner de l'argent pour le camion, et nous allons commencer, continua-t-il sans me regarder. Nous avons mis du temps, mais nous avons bien fait les choses », conclut-il en tordant son visage strabique.

Il paraissait plus vieux et encore plus abruti qu'avant. Si ça se trouve, lorsque le travail vous mortifie une fois, c'est pour toujours.

« Il pleut, dis-je, il vaut mieux que je rentre.

— Tu es certain de ne pas vouloir revenir à la ruche ? »

Je hochai la tête.

« J'ai un appartement pour moi dans l'immeuble. Tu peux y mettre un lit ou dormir dans le mien tête-bêche. Je ne veux pas d'argent pour le dérangement. »

À l'arrivée du tramway, il glissa quatre billets dans ma poche et me pria une nouvelle fois de l'excuser. L'idée qu'il était seul dans sa cellule de ruche me chagrina. Pour me saluer, il baissa la vitre comme s'il était dans le train. J'éprouvai l'envie de lui jeter son argent au visage, de lui crier de le garder : de toute façon, ce n'était pas celui de mon père Rosario. Mais je tournai les talons. Je froissais les billets dans ma poche comme du papier journal.

Dans la chambre, on mangea les restes de la veille, puis chacun se recoucha. Antonio fit sa valise et je trinquai avec Currado à son départ (lui au vin, moi à l'eau fraîche). Lorsqu'il me vit griffonner sur mon journal à côté d'une lampe couverte de chiures de mouche, il me demanda si j'étais poète et je répondis « un peu », car je croyais avoir encore le temps de le devenir. Je regrette de ne pas lui avoir parlé de mon amitié avec M. Vincenzo, mais je ne trouvais vraiment pas les mots.

Dix

Je suis incapable d'en dire plus sur les jours qui se sont ensuivis à l'auberge du viale Brianza. C'étaient des jours sans histoire. Une année et demie supplémentaire de vélo et de pommes vertes au déjeuner, si bien que ces fruits me dégoûtent aujourd'hui autant que les anchois. Une année et demie supplémentaire de dondon qui me paie le samedi en soupirant et des tétins de Maria Rosa qu'il m'est impossible de toucher.

Mon père m'envoyait des lettres plus télégraphiques encore que mes cartes postales. Il m'écrivait : « Ninè, tu viendras me voir cet été ? » Et je répondais : « Papa, j'aimerais bien, mais si je pars, on engagera quelqu'un d'autre et je me retrouverai sans rien. » J'omettais de lui confier que, mois après mois, San Cono avait déserté mes pensées, tout comme ma mère. Je ne m'en souvenais plus que rarement et, quand c'était le cas, je me sentais aussi infect qu'une poubelle.

Currado et Ruggero affirmaient sans cesse que la dondon était une esclavagiste et qu'il fallait que je devienne maçon.

« Maintenant tu es grand, tu as treize ans ! » répétaient-ils, une phrase qui alerterait aujourd'hui la protection des mineurs. À présent, on mange avec un bavoir et on dort dans le lit de papa et maman jusqu'à l'âge de trente ans, voire plus. Ça a été également le cas d'Elisabetta.

Un jour, Ruggero m'annonça que son contremaître ouvrait un nouveau chantier dans une banlieue de Milan dénommée Bollate et qu'il cherchait de la main-d'œuvre.

« Tu veux y aller ? » me demanda-t-il à brûle-pourpoint.

Je répondis : « Non, je veux rester avec vous ! »

Mais ils m'expliquèrent que leur chantier allait bientôt fermer, car les immeubles étaient bel et bien terminés, et qu'ils iraient là où le travail les conduirait. Ce jour-là aussi, j'ai pleuré. Cela ne m'est plus arrivé jusqu'à mon entrée en prison. J'ignore si j'ai alors pleuré à cause de la cellule, du mal d'estomac ou de ce que je venais de faire.

Currado affirma que je devais me réjouir de la proposition de Ruggero, au lieu de chialer comme un morveux.

« Demande plutôt conseil à ton père », me conseilla-t-il. Or, quand je téléphonai à la laiterie de Gioacchino, mon père Rosario se contenta de répéter que le métier de maçon est le plus beau du monde et qu'en refusant je gagnerais le concours du plus grand des couillons.

Aussi, le lendemain, entre deux livraisons, je me présentai à contrecœur au chantier. Le contremaître fut expéditif, il m'indiqua la date du début de mon engagement et la tâche qui m'incomberait. La paie était deux fois plus importante que celle de la teinturerie, et il ne me resta plus qu'à accepter. Pour m'encourager, Ruggero déclara : « Evandro vient aussi, tu as de la chance. » Tu parles d'une chance ! Evandro était le seul pensionnaire de l'auberge à ne jamais desserrer les dents, sa compagnie valait celle d'un manche à balai. De surcroît, il ronflait à en ébranler le toit.

Quand j'annonçai mon départ à la dondon, elle hurla que j'étais comme les autres Napolos, ou plutôt pire, et m'ordonna de finir mes livraisons. Le samedi, au moment de la paie, elle déclara qu'elle n'avait pas d'argent pour moi, car j'étais pire que les autres Napolos et je la laissais dans le pétrin. Alors je criai, mais elle criait plus fort avec une voix de corbeau en chaleur, me secouant et braillant : « Malotru, malhonnête ! » Désespéré, je lui fis les yeux doux et tentai de la persuader que je resterais si elle m'augmentait un peu. Elle me dévisagea par-dessus ses lunettes, puis promit en soupirant qu'elle ajusterait ma paie.

« Je ne suis tout de même pas une sans-cœur », dit-elle en jetant des coups d'œil aux filles.

Elle me versa enfin ma semaine de salaire, puis chargea ma corbeille de nappes et me lança : « Allez, l'jinot, essaie de mériter cette augmentation ! »

J'ai donc quitté Maria Rosa, Elena, Carmela et Lucia sans un au revoir. Il fallait bien que j'agisse ainsi pour toucher ma paie et le peu de compensation que je méritais. J'ai fourré mon salaire dans ma poche, me suis hissé sur le vélo et hop ! Je riais en pédalant à toute allure ! Un beau vélo d'homme pourvu de cadenas, corbeille en osier, huit nappes, deux pyjamas et des serviettes de table à ne plus en finir ! Si j'avais été une fille, je me serais constitué mon trousseau. Jamais je ne me suis senti coupable de ce vol. Et je ne crois pas que M. Vincenzo m'aurait réprimandé, lui qui nous avait si bien parlé des brigands de la Basilicate.

J'ai emménagé à Bollate à bicyclette. Interminables coups de pédale, la corbeille remplie des quelques vêtements et des babioles que je possédais. Une dizaine de kilomètres m'en séparaient. Le paysage n'avait plus rien à voir avec Milan. Terre, ciel, air pétillant et pas de voitures, juste une Lambretta de temps en temps. On voyait des paysans au travail, y compris des femmes, et je pensais qu'il y avait aussi de la misère dans le Nord, puisqu'il y a de la misère quand les femmes travaillent aux champs.

Je m'installai dans une baraque magnifique. Plus grande et plus spacieuse que l'auberge du viale Brianza. Elle ressemblait aux chalets de montagne où l'on va à présent en vacances, mais sans aucun équipement moderne. Il n'y avait même pas l'eau courante. Juste une table, des chaises, un poêle et une petite armoire avec des cintres. Ces années-là, à Bollate et dans les villages de province, on pouvait acheter un terrain pour peu d'argent et y construire une baraque avec une cave. De fait, elles poussaient comme des champignons, par rangées. Les hommes les construisaient après le travail et pendant les week-ends. Dès qu'ils en avaient monté une, des femmes et des petiots laissés au pays survenaient par le train du soleil, et c'était la fête dans la rue, des cris jusqu'en pleine nuit. Nous autres charpentiers logions dans les caves. Une installation toujours sommaire, bien sûr, mais au moins on n'était pas les uns sur les autres comme dans les dortoirs des auberges milanaises. Ces baraques n'existent plus. Il n'en est pas resté la moindre trace, car les efforts des pauvres gens ne laissent jamais de traces. Les manuels scolaires n'en ont pas conservé non plus le témoignage : on n'y parle que du roi et de la reine.

À la cave, je vivais dans mon coin. Les Calabrais, des gens taciturnes et barbants, se conduisaient comme des bêtes. Pour eux, il n'y avait pas de meilleur divertissement que les concours de rots à la bière. Ma solitude dans la baraque de Bollate m'a peut-être permis de comprendre que je devais me secouer, m'intéresser aux femmes. En sicilien, on les désigne par le terme « femelles », mais M. Vincenzo nous avait expliqué que c'était un mot péjoratif, car on l'utilise aussi pour les vaches ou les truies : afin de distinguer respectueusement les êtres humains, il faut employer le mot « femmes ». Même si la femme en question est très laide ou si elle ressemble vraiment à une truie. De toute façon, la solitude de la baraque m'a donné envie d'aimer, parce qu'un homme qui sait tenir une femme à son bras n'est plus seul et n'a plus rien d'un petiot. Il devient adulte. Un homme fait et accompli.

Onze

J'ai décidé de sortir. Après avoir passé une semaine planté derrière la fenêtre à regarder l'immeuble en construction et les Chinois qui ont acheté le bar de Filippo, j'ai décidé de mettre le nez dehors. Je regrette pour Filippo. J'aimais bien aller boire un Crodino[1] dans son bar le dimanche matin, vers 11 heures, puis rentrer chez moi avec des gâteaux et le journal sous le bras. Il avait un visage familier et gai, pas comme ces yeux bridés qui ne sourient jamais. Aussi laborieux que des fourmis, ces Chinois font tout sans se parler.

Je tire mon vélo de la cave et roule un peu dans la cour. Il n'a pas servi depuis dix ans, et maintenant les freins crissent. Quand j'appuie dessus, on croirait qu'un train entre en gare. Tout ce froid, cette lumière, cet oxygène me paraissent excessifs et me déséquilibrent. Je pars à l'aventure. Emmitouflé, un bonnet de laine sur le crâne et une écharpe sur le nez. Impossible de ne pas me souvenir. Les souvenirs sont peut-être des événements que nous n'arrivons pas à oublier.

Mystérieusement, je me retrouve au bout d'une demi-heure dans la zone industrielle d'Arese, où l'usine

1. Apéritif sans alcool.

d'Alfa Romeo se dresse encore, tel un mort debout. Le silence est impressionnant. Il me suffit de jeter un regard circulaire pour que retentissent dans mes oreilles le ferraillement des ateliers, le bruit des machines petites et grandes, le va-et-vient des camions, chariots élévateurs, équipes qui entrent, équipes qui sortent, une armée de bleus de travail éparpillée partout… C'était un bruit incessant que je pensais sincèrement infini. Puis je me lasse de contempler ce monument funèbre consacré au travail qui n'existe plus, et je m'en vais. En pédalant, j'entrevois un concessionnaire de voitures. J'attache mon vélo, ôte mon bonnet, fourre l'écharpe dans ma poche et entre. Il y a une jolie femme derrière le comptoir. Il n'aurait fallu à Titta, le Maure, que deux minutes pour l'inviter à dîner.

« Vous avez vu quelque chose d'intéressant ? interroge-t-elle en venant vers moi avec un sourire que je n'ai pas tenté de mériter.

— Non, non, mademoiselle, un vélo me suffit. Je voulais plutôt vous demander si vous cherchiez quelqu'un. »

Le sourire exceptionnel s'est évanoui. Je me demande si je ne l'ai pas imaginé.

« Pour quoi faire, monsieur ? »

Je fais semblant de ne pas avoir entendu cette question idiote. « Pour travailler.

— À l'atelier ou dans les bureaux ?

— Où vous avez besoin, je m'adapte. »

Elle me dévisage d'un air perplexe et pose même une main sur son menton avant de reprendre la parole. Notre embarras s'achève une interminable minute plus tard, quand elle rassemble ses idées et ne trouve rien de mieux à répondre que : « Laissez donc votre curriculum vitae européen, je le remettrai au bureau du personnel.

— Que dois-je vous laisser, mademoiselle ?

— Votre CV.

— Qu'est-ce que c'est ? »

Désormais elle n'a plus devant les yeux un homme, mais un extraterrestre, aussi a-t-elle du mal à poursuivre la conversation. « Un document où inscrire vos coordonnées, vos exigences, vos études.

— Ah ! dis-je en étirant mes rides. Si vous voulez, je vous l'écris tout de suite. Une feuille de papier suffira.

— Il nous faut un CV au format européen », insiste-t-elle, soudain raide.

Alors j'interroge avec une gentillesse que je ne compte pas faire durer : « Et où trouve-t-on le formulaire ?

— En ligne. »

Je pense aux lignes d'un cahier, à celles du chemin de fer et, pour ne pas être en reste, aux femmes qui ont la ligne. Naturellement, je sais que je me trompe, mais je refuse de céder.

« Exact, en ligne. Je repasserai. J'irai en ligne et je reviendrai. »

Il n'est même pas 11 heures, et j'en ai déjà ras la casquette. Je quitte ce quartier où il n'y a plus rien. Ici, la désindustrialisation a tout balayé, et pour trouver les anciennes usines il me faudrait pédaler jusqu'en Roumanie. Je traverse Quarto Oggiaro, la via Mac Mahon puis, lentement, atteins le corso Sempione où le tramway que je prenais à la ruche me déposait de temps en temps. Il y a là de beaux marronniers d'Inde, et une faible lumière blonde est apparue. J'évite de dépenser de l'argent au bar pour un autre café, même si j'en ai envie. Et comment ! Je m'assieds sur un banc humide et rejette la tête en arrière, comme si j'étais chez le coiffeur, au-dessus d'un lavabo où l'on vous fait un shampoing qui ressemble à un massage. Une étrange lumière filtre à travers les feuilles des arbres et me brûle les yeux. Si je ferme les paupières, je suis saisi d'un vertige et oublie où je suis. Une sorte d'évanouissement.

Un automne et un hiver de plus s'étaient écoulés dans la baraque de Bollate. J'avais à présent quatorze ans. À force de vivre avec des Calabrais, je pensais, comme je le pense aujourd'hui encore, que les Abruzzais sont un peu abrutis, certes, mais bonasses et sympathiques – alors que certains Calabrais sont vraiment des têtes de mule. De retour du travail, je me lavais comme je pouvais, puisqu'il fallait aller remplir le baquet à la fontaine, puis, pour ne pas entendre mes compagnons, je sortais en tricot de corps, m'asseyais sur un muret et me mettais à fumer. J'avais mal aux genoux car mon corps poussait, ma voix s'éraillait et me raclait la gorge, des poils pointaient sur mon visage et autour de mes tétons, bref tout voulait sortir. J'avais peu, ou plutôt très peu, d'amis et je me disais que mon père Rosario avait raison, « les amis n'existent pas. Seuls existent des gens pour occuper le temps quand on n'a rien à foutre ou qu'on veut pas penser aux emmerdes ». Le souvenir de ma vie avec les petiots de la via dei Ginepri, à l'époque où je n'étais pas encore doté d'un caractère solitaire, s'éloignait et s'estompait, tel un bateau à l'horizon. Chaque fois qu'un des occupants d'une baraque voisine demandait « Ninetto, tu viens au bar ? », j'obtempérais, buvais de la limonade et bavardais un peu. Mais ça s'arrêtait là. Il n'y a jamais eu d'autre Peppino. Ni même d'autre M. Vincenzo. On ne peut avoir de vrais amis que dans l'enfance, lorsqu'on est propre à l'intérieur, qu'on n'effectue pas de calculs d'intérêts ni autres obscénités de ce genre.

Quand je voyais passer des groupes de garçons avec un ballon ou des cannes à pêche, je ne regrettais plus mon incapacité à m'agréger. Le spectacle des arbres gonflés de feuilles me réjouissait. Tout comme les contours des montagnes enneigées qu'on entrevoyait par les journées limpides et que l'orange du soleil faisait fondre puis disparaître dans la soirée. Je pensais que M. Pascoli et les autres poètes avaient plus de chance que moi : ils tombaient amoureux de la nature, pas seulement des hommes.

Un matin, je m'étais réveillé plus tôt que d'habitude, tourmenté par des cauchemars sur ma mère. Comme l'humidité et l'air lourd stagnaient dans la cave, je sortis et attendis dehors l'heure de me rendre au travail. Je contemplais la rue en respirant profondément pour apaiser mon cœur, agité par les mauvais rêves, lorsque retentirent sonneries et cris de femelles. Enfin, de femmes. Une nuée de vélos pilotés par des filles ! À leur vue, je faillis perdre l'équilibre et tomber du muret. Elles étaient une dizaine et s'apostrophaient en pédalant, si bien que la rue semblait envahie par des cris de mouettes.

À partir de ce matin-là, je changeai l'heure de mon réveil. Je me coiffais et sortais immédiatement fumer pour paraître plus attirant. Les filles passaient à 6 h 30 précises, collées l'une contre l'autre, comme une seule personne. Quand je les saluais, elles actionnaient leur sonnette et riaient, peut-être se moquaient-elles de moi. Je ne savais que faire, j'y pensais toute la journée, je les appelais « la nuée » et me demandais : où est la nuée à présent, que fabrique-t-elle, comment va-t-elle, comment sera-t-elle demain ? Il n'était pas facile de distinguer les filles. J'essayais de m'accrocher aux détails, la robe d'une telle, ou le vélo d'une autre, mais elles roulaient si vite que ma vue se brouillait.

Finalement, un jour, je rassemblai mon courage à deux mains et me décidai à les suivre. À ma vue, elles se turent et accélérèrent, n'évoquant plus une nuée, mais une tortue qui cache la tête dans sa carapace très dure. Après la via Silvio Pellico, elles s'engagèrent sur une pente et atteignirent un bâtiment en briques rouges. Elles entassèrent leurs bicyclettes et pénétrèrent en file indienne dans un atelier de pâtisserie, munies d'un tablier blanc et d'une coiffe. Pour les épier, je me hissai à l'arrière et me suspendis à un poteau en fer, comme un linge à sécher. Je me serais sûrement brisé le cou si j'étais tombé. Par une ouverture, je les vis à l'œuvre : elles cassaient des œufs et séparaient le blanc du jaune. Sur un tapis roulant avançaient de grosses bouteilles qu'elles remplissaient tantôt de jaune, tantôt de blanc. Lorsque l'une d'elles cassait un œuf pourri, des cris dignes de supporters de stade s'élevaient, et elles se pinçaient le nez. Je promenai mes yeux comme un chat jusqu'à ce que je débusque Maddalena dans un coin. Pour dire la vérité, elle me plut davantage que les autres à cause de ses tétins. Il y avait aussi une blonde, mais entre les cheveux blonds et les tétins, il n'y a pas de comparaison qui vaille. Par rapport à Maddalena, les autres avaient sur les lèvres un sourire stupide.

De mon observatoire, je les examinai et tirai mes conclusions, qui étaient principalement au nombre de deux. Primo, je devais me démener, voir s'il y avait d'autres nuées, si l'endroit où je vivais n'était pas composé uniquement de baraques et de chantiers, s'il y avait aussi des ateliers remplis de filles. Deuzio, essayer de parler à Maddalena, que j'estimais la meilleure, même si, à en juger par ses joues semées de taches de rousseur et ses menottes très rapides (elles le sont aujourd'hui encore), elle comptait parmi les plus petiotes. À cause de la première conclusion, je me baladai sans but pendant des jours. Mais je ne découvris qu'une usine de conserves. Les femmes qui y travaillaient étaient beaucoup plus âgées que moi, et, selon les Calabrais, il n'était pas bien de chercher parmi elles, même si elles vous émoustillent pour la raison que vous avez envie de vous sentir un homme fait et accompli, plus fait et accompli que vous ne le croyez. Mais il me paraissait très difficile d'engager la conversation avec Maddalena. Difficile de se faufiler, de la prendre en aparté, de me présenter. Il faut attendre la bonne occasion, me répétais-je, inconsolable, en regagnant ma baraque. Jusqu'au jour de l'occasion, elles furent moins une nuée de papillons ou un vol de mouettes qu'un essaim de guêpes, car l'amour est douloureux, il possède lui aussi un gros dard et il sait cracher son venin.

Douze

Ma première rencontre avec Maddalena est la preuve qu'on ne va nulle part dans la vie sans un peu de chance. Un matin où les nuages se poursuivaient dans le ciel, deux bicyclettes passèrent. Au milieu de la rue, près d'un emplacement en terre battue, je vis Maddalena s'arrêter et descendre. Son amie lui lança quelques mots, puis redémarra en hâte. J'accourus. Quand je m'approchai, Maddalena, en me vouvoyant, me dit rapidement qu'il n'était rien arrivé et que je pouvais repartir. « Allez-vous-en, mon oncle va venir. »

Ces mots me donnèrent envie de rire : le vouvoiement est réservé aux professeurs et aux avocats, c'était la première fois qu'on l'employait en s'adressant à moi. De toute façon, pendant qu'elle répétait que tout allait bien, j'avais déjà extirpé du pneu la chambre à air et trouvé le trou sans avoir besoin d'une cuvette remplie d'eau.

« J'ai des rustines et de la colle chez moi. Attends, je reviens dans une minute », dis-je. Je courus comme un gamin les chercher. Mais, à mon retour, je découvris un garçon de mon âge qui proposait à Maddalena de l'accompagner au travail à mobylette. De toute évidence, ils se connaissaient : elle ne le vouvoyait pas, lui.

« Dégage, je m'en occupe », lançai-je.

Bien qu'il eût entendu, le type ne répondit pas. Il ne me resta donc plus qu'à le saisir par le cou et à le jeter au sol.

« Va-t'en, je m'en occupe ! m'écriai-je une nouvelle fois, alors qu'il se relevait, couvert de poussière. Et ne prends plus cette rue. Ici, les gens se promènent avec un couteau dans la poche », lui ordonnai-je, la tête baissée, concentré sur la réparation.

Effrayée, Maddalena tenta de m'arracher le pneu. Cinq minutes plus tard, je lui rendais sa bicyclette remise à neuf en déclarant : « Je m'appelle Ninetto, j'habite la troisième baraque, je suis maçon et j'ai presque quinze ans. »

Mais au lieu de me serrer la main, elle répondit : « Et alors ?

— Maintenant on se connaît et tu peux me tutoyer, car le vouvoiement, ce n'est pas pour moi, mille mercis. »

Elle remonta en selle et, appuyant sur les pédales, répéta : « Je vous dis au revoir. » Pas « Au revoir », mais « Je vous dis au revoir ».

Après la réparation du pneu, Maddalena commença à me saluer. Désormais je distinguais très bien dans la nuée sa tête chevelue et sa bicyclette Graziella. Pendant ce temps, les jours s'écoulaient et je me faisais plus sac d'os que jamais, car l'amour me coupe l'appétit comme aux filles des romans-photos. Un sandwich au déjeuner, voilà tout ce que je mangeais, et on affirmait au chantier que j'avais le buste d'un moineau.

À la cinquième baraque, on m'apprit que Maddalena habitait via Galilei. D'après une m'dam', elle avait quitté la Calabre pour s'installer à Milan avec son oncle. Quand j'étais au travail, j'essayais de déterminer nos points communs car ce sont les points communs qui me font aimer. Je m'étais amouraché de Currado parce qu'il avait une mère handicapée, et d'Antonio parce qu'il avait un rêve irréalisable comme moi, qui voulais devenir poète et instituteur. Je pensais que Maddalena était elle aussi pauvre et qu'elle savait encore mieux se débrouiller que moi. Je me déplaçais sur les échafaudages, distrait par ces rêveries, avec pour seul harnais la grande main invisible de Dieu. Cette main me soutenait tandis que, muni d'un seau et d'outils, j'imaginais le voyage de Maddalena à bord du train du soleil. J'avais envie de me battre avec les passagers qui lui avaient fourré les pieds sous le nez ou le contrôleur qui l'avait sans doute piétinée.

À force de fumer devant chez elle, je voyais de temps en temps Maddalena apparaître à la fenêtre. Je lui demandais si elle n'avait pas oublié mon prénom et si son vélo marchait bien. Elle me répondait en souriant, mais ne descendait pas. Aussi je me lassai d'attendre sa bénédiction papale. Si ça continue comme ça, pensais-je, il faut que j'en trouve une autre.

Or un jour Evandro, oui, lui, me conseilla d'aller la chercher à son travail.

« Tant que tu resteras en bas de chez elle comme un chien de garde, tu n'arriveras à rien », affirma-t-il.

En effet, l'affaire prit un autre pli. Maddalena commença à m'appeler par mon prénom et à s'intéresser à moi, même si elle ne me parlait qu'au compte-gouttes. Quand je la retrouvais devant l'atelier, elle me racontait qu'elle était tombée sur des œufs pourris et, tout doucement, le long de la via Silvio Pellico, me décrivait ce qu'elle aimait. On pédalait ainsi au soleil, moi, le dos rompu par les dix heures passées sur les échafaudages ou à transporter les fers à planter dans le béton armé ; elle, les doigts douloureux à force de casser des œufs et de visser des bouchons de bouteille. Mais on était jeunes, la fatigue s'évanouissait vite et notre peau se réchauffait à toute allure, y compris en fin d'après-midi. Jamais nous n'aurions imaginé que nous nous ramollirions un jour. De toute façon, je tombais amoureux parce que Maddalena voyait elle aussi des points communs entre nous. Le fait que je sois un sac d'os lui donnait du souci et, comme une mère, elle m'apportait des macarons qu'elle volait chez son oncle et sa tante. Elle m'ordonnait de les manger car j'avais mauvaise mine, même si, pour dire la vérité, la faim n'était plus un problème. Les taches de rousseur qu'elle avait autour de son nez en pied de marmite me plaisaient, tout comme ses jambes maigres qui contrastaient avec ses tétins proéminents et certainement bien durs, comme je les aime, moi qui me crois en toute modestie un connaisseur en la matière. Ces promenades à vélo me détournaient de ce qui me manquait : mes amis, San Cono, l'eau courante, ma mère de plus en plus loin dans l'hospice où je n'étais jamais entré… Avec Maddalena, je comprenais que M. Vincenzo disait vrai. « Femelle » est un mot approprié aux vaches et aux truies. « Femme », c'est autre chose. Un nom magnifique qui vous donne envie de vous agenouiller comme devant la Vierge.

Treize

Un soir, je tirai mon journal de mon sac et essayai d'écrire selon les instructions du maître. Mais je n'arrivais pas à raconter mes journées. En revanche, je remplissais des pages avec la liste des cadeaux que je voulais offrir à Maddalena et le décompte du temps qui devait encore s'écouler avant que je l'épouse et la mette enceinte.

Un samedi après-midi, bien habillé et parfumé à l'eau de Cologne, je sonnai chez elle, via Galilei. En me voyant à travers la fenêtre, elle comprit que je venais demander sa main. Par gestes elle m'ordonna de repartir et, tapant son index contre sa tempe, me signifia que j'étais fou, qu'elle ne m'adresserait plus la parole. Je frappai toutefois à la porte et fis preuve d'une éducation parfaite. Certes, son oncle me chassa, mais ça ne compte pas, car mes manières avaient été impeccables. Il répliqua, le fumier, que sa nièce était trop jeune et que je n'avais pas de travail déclaré.

« Je vais avoir quinze ans et j'entrerai bientôt à l'usine ! Vous pouvez être tranquille, j'ai déjà posé ma candidature à l'établissement Montecatini de la Bovisa, à celui d'Alfa Romeo d'Arese, à Sesto San Giovanni ! » rétorquai-je. Et j'énumérai d'autres usines pour montrer que je savais de quoi je parlais. Pourtant, il demeura inébranlable. Tout comme sa femme. Pis, celle-ci répétait à Maddalena : « Si tu crois que je vais te donner au premier venu, tu es une imbécile !

— Je ne suis pas le premier venu, madame Je-ne-sais-qui ! Je m'appelle Ninetto Giacalone et je suis même baptisé ! » répondis-je, tandis que l'oncle se levait pour me flanquer à la porte.

C'est à la suite de cet échec que Maddalena me révéla son caractère. D'un côté, elle m'insultait et me reprochait d'avoir été assez bête pour agir de ma propre initiative, me traitant de « tête de mule » ; de l'autre, elle me laissait entendre que cet homme-là n'était pas son père et que, s'il croyait tout régenter, il se trompait d'adresse. Bref, sans l'admettre explicitement, elle me disait : organisons notre fuguette[1] et n'en parlons plus. Elle m'aidait à réfléchir, Maddalena. Tantôt elle me saisissait les mains et me caressait les paumes de deux doigts en m'expliquant comment me conduire, tantôt elle me regardait en retenant ses rires car, d'après elle, je prononçais des énormités aussi grosses que des maisons et je ne m'en rendais pas compte. Bref, dans mon cas, il n'est pas vrai que les femmes font marcher les hommes au doigt et à l'œil dès le jour du mariage : Maddalena s'y est employée avant.

C'est ainsi que j'ai commencé à accumuler des heures supplémentaires au chantier. J'y restais jusqu'au dernier moment, jusqu'à la tombée de la nuit. Je disais à Maddalena que je mettais de l'argent de côté pour

1. La *fuitina*, « petite fugue » en dialecte sicilien, courante dans le sud de l'Italie, consiste, pour deux amoureux, à fuguer brièvement afin d'obliger leurs parents respectifs à consentir à leur union en les persuadant, à tort ou à raison, qu'elle est déjà consommée.

acheter les billets de train : le père Fabrizio, le cousin de mon père, célébrerait notre mariage sans se formaliser, étant donné que bon nombre d'habitants de San Cono s'étaient mariés au même âge que nous.

Quand je sortais à l'heure, j'allais la chercher à l'atelier et je pédalais lentement au retour car je désirais mieux la connaître. J'imaginais que la via Silvio Pellico se rallongeait, qu'elle ressemblait à une de ces routes d'Amérique qui sont interminables.

Un jour, Maddalena m'annonça : « Ninetto, il faut que je te parle. » Elle arrêta son vélo et planta ses yeux dans les miens. Rembruni, je pensai : cette fille va me larguer. Mais je me trompais. Elle voulait me parler de son père, qui avait rejoint un groupe de résistants abruzzais après la guerre et que les fascistes avaient blessé aux jambes lors d'une embuscade dans ces terribles montagnes qu'on trouve dans les Abruzzes. Atteint de gangrène, il était décédé l'année où Maddalena était née. Le souffle court, elle déclara : « Mon père est mort de politique parce qu'il était rouge et les autres noirs. Toi, Ninè, ne sois ni rouge ni noir, sinon je ne voudrai plus te voir ! » Elle versait des larmes de désespoir. J'essayai de la calmer, mais elle continua, bouleversée : « Ne va pas aux manifestations ni aux réunions de politique, à moins que tu ne veuilles me briser le cœur ! » Alors je l'étreignis et, me mouillant la main de morve, répondis : « Maddalè, je sais juste comment s'est passée l'histoire de la propriété privée, parce que M. Vincenzo me l'a expliquée, mais je n'aime pas la politique, je n'aime ni les rouges, ni les noirs, ni les blancs, et puis je ferai ce que tu voudras, je te le jure sur la Vierge, je ferai ce que tu voudras. À une seule condition : que tu m'aimes toujours ! » Quand elle se fut un peu calmée, on partagea un biscuit. La bouche pleine, je lui parlai alors de la vieille du corso Buenos Aires qui m'appelait « l'jinot » car elle avait peur que je m'étouffe, et Maddalena finit par rire en s'essuyant les yeux.

Depuis que nous avions décidé de faire une fuguette, je vivais dans l'attente du jour opportun. Il importe de respecter l'attente, de tout préparer soigneusement, ainsi qu'on plie sa chemise et son pantalon et qu'on les pose sur une chaise, le soir. Le jour opportun, c'est Maddalena qui le choisit. Elle arrêta une nouvelle fois son vélo et déclara qu'il était d'abord nécessaire qu'une usine m'engage. À son avis, son oncle avait raison sur ce point. « Il faut que tu aies un travail déclaré, sinon nous échouerons. Commence à chercher, et puisque tu écris bien, distribue des lettres de candidature », répétait-elle, aussi inflexible qu'un gendarme. Parfois, je me dépêchais pour être dans les temps à la sortie de l'atelier. Mais, au lieu de m'embrasser, elle s'écriait : « Tu aurais mieux fait d'aller déposer une lettre ! » Alors je regagnais ma baraque, mécontent, voyant en elle une mégère lunatique. Puis je compris qu'elle se conduisait ainsi parce qu'elle était encore plus pressée que moi. Elle ne supportait plus de vivre avec ces tyrans et elle avait envie que je rencontre sa mère, qui vivait toute seule dans un village pas plus gros qu'une chiure de mouche situé au-dessus de Cosenza, de même que mon père vivait en exclu dans l'autre chiure de mouche qu'était San Cono. Je demandai donc à mes connaissances où il valait mieux adresser ma candidature. Bon nombre d'entre elles me prodiguèrent des conseils, promirent de placer un mot en ma faveur et de remettre mes lettres. D'autres, en revanche, déclarèrent qu'il était inutile de se démener puisque je n'avais pas encore quinze ans : la loi était rigoureuse à ce sujet, pas comme celle de l'éducation scolaire obligatoire que personne ne respectait. Quoi qu'il en soit, j'allai à vélo dans les usines dont la banlieue de Milan s'était rapidement remplie et dont elle s'est aujourd'hui vidée. Chez Alfa Romeo, à Arese, on me dit après avoir lu ma lettre : « Repasse plus tard. » À trois reprises. Repasse plus tard, repasse plus tard, repasse plus tard. La quatrième fois, j'insistai tant qu'on m'autorisa à parler au directeur, M. Mantovani, un homme robuste en costume croisé, au parler raffiné et aux manières expéditives. Après que je lui eus raconté mon histoire dans les grandes lignes, il déclara qu'il souhaitait m'aider.

« Une fois que vous aurez quinze ans, vous pourrez commencer à la chaîne de montage. Dans un second temps, vous deviendrez conducteur de chariot élévateur, le poste dont nous avons toujours le plus besoin. En attendant, allez à Milan faire tamponner le papier d'exemption du service militaire. » Puis il me demanda quelles études j'avais faites car ma lettre laissait entendre que j'étais instruit. Je répondis que, si ma mère n'avait pas eu de crise d'apoplexie, je serais devenu instituteur, ou du moins j'aurais essayé. M. Mantovani adopta un air qui signifiait « Ah, ce Ninetto Giacalone ! » et ordonna à un contremaître de me montrer la chaîne de montage. Il prit mon cas à cœur grâce à ma lettre et parce qu'il était marié à une Sicilienne de San Cono. Le monde est petit… Maddalena fut donc satisfaite et, au cours de nos promenades à vélo du printemps, on organisa tout doucement notre fuguette, d'accord sur le fait qu'il convenait de l'effectuer dans la baraque.

« Mais il faut que tu attendes le bon moment pour parler aux Calabrais sans leur faire comprendre quoi que ce soit ! » répétait-elle, inquiète.

Comme le temps passait et que j'en avais assez d'attendre, j'achetai un soir des poulets rôtis et du vin rouge, payai le dîner aux Calabrais et leur exposai mon plan en prétendant que j'avais confiance en eux et que je préférais leur parler d'homme à hommes, sans subterfuges. Je m'exprimai d'une voix assurée, prouvant que j'avais les idées claires, que j'étais un homme fait et accompli. Ils apprécièrent ma franchise, déclarèrent qu'ils n'y voyaient aucun problème et avalèrent encore plus de vin que Giuvà. Le plus âgé, un dénommé Oronzo, me demanda, un os de poulet dans la bouche : « Ninuzzo, je vais te poser une question pour ton bien. Tu as déjà consommé avec une femme ? Je ne voudrais pas que tu te ridiculises avec Maddalena. » Je me rembrunis, et ils comprirent. Alors, avec les quatre autres il me proposa de m'emmener un soir chez une putain pour me mettre au parfum, même si je savais de quoi il retournait, car l'école n'est pas nécessaire pour tout. J'ignorais presque tout des femmes de mauvaise vie et je n'en ai pas connu d'autres ensuite. En y repensant, ce n'était peut-être pas judicieux. Mais Oronzo m'avait inquiété et j'y suis allé comme on va se faire opérer des amygdales.

Quatorze

Certains jours, Maddalena se montre aimable et installe sa chaise près de la mienne.

« Tu ne me dis rien ?

— Qu'est-ce que je dois te dire ?

— Alors, faisons les jolies statues à la fenêtre. » Elle me saisit la main, geste qui améliore non seulement mon humeur, mais aussi mon état de santé, et mon corps se réchauffe.

D'autres jours, elle me taquine et me harcèle. Elle me demande de lui rendre un service, puis un autre et un autre encore. Réparer de petits objets, ou l'aider dans les besognes domestiques. Je m'efforce de répondre poliment et de collaborer, mais selon un courant alterné, je l'admets. J'ai trop l'habitude de vivre en tête à tête avec mes ennuis. Plier les draps est la seule tâche que j'accepte volontiers. C'est un plaisir. L'odeur de la lessive, nous deux accomplissant les mêmes gestes, face à face… J'ai l'impression de me regarder dans un miroir, et à la place de mon visage niais apparaît celui de Maddalena.

D'autres jours encore, on ne peut pas s'empêcher de se disputer. On s'injurie pour des conneries ! Après les engueulades, Maddalena se conduit comme si je n'existais pas, comme si je n'étais pas revenu. Elle entre et sort, va au discount, au cours de couture de la paroisse, chez notre Lisa jolie, me faisant mourir de jalousie. Bref, elle me montre qu'elle a sa vie, alors que je n'ai qu'un seul choix : rester dans mon aquarium, comme un poisson rouge. Si les engueulades ont une seconde mi-temps, elle dégaine irrémédiablement le problème du travail. Elle m'en dit des vertes et des pas mûres, mais sa dernière réplique est toujours identique, elle la prononce sur le ton du colonel qui corrige le petit soldat tout juste enrôlé. À trois centimètres du visage.

« Peu m'importe que tu en trouves ou pas. Je veux que tu en cherches. Au moins, sors et revois le monde. Tu t'apercevras que tu n'es pas le seul sur cette Terre à avoir une dent contre lui ! »

Ces mots ont sur moi l'effet d'une formule magique. Aussitôt, j'enfile mon blouson, attrape mes clefs et file. Je suis allé poser ma candidature à deux autres entreprises de Sesto San Giovanni, là où se trouvaient autrefois Marelli et Falck[1], ce dont personne ne se souvient. Il n'y a que des immeubles. Au moins, à la Bovisa, les usines ont été remplacées par les jeunes de l'université, et c'est un autre spectacle.

Ils insistent tous sur cette histoire de curriculum européen, de Net et du diable qui les emporte. Seul un employé a remarqué l'égarement que j'affichais et m'a conseillé de m'inscrire à des cours organisés par la Région où l'on apprend gratuitement à se servir d'un ordinateur. Je l'ai remercié avec chaleur, mais j'ai décidé que je n'ai plus envie d'apprendre. On ne peut pas sauter dans tous les trains, il faut en rater certains,

1. Entreprise de construction de matériel électrique et usine sidérurgique.

en laisser partir d'autres et se résigner. Je suis donc passé des entreprises aux magasins, qui sont toutefois peu nombreux. Les centres commerciaux les ont engloutis et les quelques survivants ont des allures de moribonds. La plupart du temps, je ne suis même pas entré. Et de toute façon, il n'est pas facile d'être vendeur dans un centre commercial. Les gérants inventent un tas de raisons : je suis trop vieux, ils n'ont besoin de personne, ou encore je ne suis pas diplômé. Puisque les bars préfèrent les jeunes, il ne me reste plus que les étals du marché, même si, dès que je l'ai dit à Maddalena, on s'est de nouveau disputés : elle prétend que je prendrai froid et qu'on dépensera mes gains en médicaments. Mais j'ai décidé de me présenter un de ces matins au point de tri de la via Ripamonti et d'accepter du travail si j'en trouve.

Or aujourd'hui il ne fait pas bon mettre le nez dehors. Je veux rester à la maison car la prison me manque. Oui, c'est la vérité, la taule me manque. Titta, Stefano, la puanteur des chiottes, le matelas pourri, le trou devant lequel je fumais… je comprends maintenant à quel point cela me protégeait. Certes, je m'y sentais une nullité, mais j'étais en bonne compagnie. Ici, les gens vous claquent au nez toute cette envie de vivre qui pouf ! s'est évaporée.

Au déjeuner, nous mangeons des légumes bouillis. Maddalena en prépare toujours le jeudi. Ça nettoie et désinfecte les intestins. Une pomme, un café, puis, enfin, je me pose. Je n'entends même pas le bruit de la télévision. J'ai chaud à la poitrine et je déboutonne mon pull. Les souvenirs sont plus beaux que la vie. Voilà ce que je pense en m'abandonnant un peu sur le dossier.

Les derniers mois de mes quatorze ans furent enflammés. Seul l'oncle de Maddalena n'avait rien compris, l'imbécile. Peut-être faisait-il l'idiot pour éviter de payer les impôts, confirmant ainsi une fois de plus que les gens se fichent de votre sort, y compris ceux qui braillent et hurlent. S'il avait voulu me frapper, il en aurait eu toutes les possibilités. Un coup de fusil avec des balles en sel n'aurait rien eu d'extraordinaire.

Tout en pédalant, nous récapitulions les dernières dispositions. Je suppliais Maddalena de ne pas s'inquiéter.

« Le samedi, les Calabrais vont au bar, il n'y a personne à la baraque, personne ! » lui répétais-je. Et je lui jurais sur tous les saints que je n'avais pas révélé notre plan secret.

Quand je communiquai le jour établi à la compagnie, Oronzo déclara que nous pouvions aller chez la putain. J'interrogeai :

« Elle nous attend, ou quoi ? »

Et lui : « Ne t'inquiète pas, on t'emmène t'amuser. »

En chemin, je fumais nerveusement, j'avais du mal à croire que je me promenais avec ces inconnus qui, à la baraque, m'adressaient tout juste la parole. Mais ils étaient d'excellente humeur et il leur tardait d'arriver. Ils me conduisirent dans le quartier du cimetière Monumental. Il y avait là une file de dames montrant seins, cuisses et le reste, et je me demandai par quel mystère elles n'avaient pas froid. Oronzo m'invita à choisir celle qui me convenait, et je lui indiquai une fille dotée de grosses fesses qui était apparemment la plus jeune. Alors il lissa son tee-shirt, me saisit par le bras et m'accompagna. Je pense que la demoiselle nous prit pour un père et son fils.

Il annonça : « Service complet, s'il te plaît, et sois gentille car ce sont ses débuts. » Il lui versa de l'argent puis m'assena une tape sur l'épaule. « Cher Ninetto, c'est un cadeau de notre part, et meilleurs vœux à ta femme », déclara-t-il en m'embrassant. La putain nous lança un regard perplexe et affirma : « Meilleurs vœux de ma part aussi. » Par chance, elle se chargea de tout et – il faut dire la vérité – fut habile et professionnelle. Elle m'emmena dans un endroit sombre que je n'ai pas retrouvé ensuite car j'étais distrait et me laissais entraîner comme un Caddie de supermarché. Ce ne fut ni bien ni mal. Quand j'y pense, je me revois immobile, le froid aux fesses et la hâte d'en finir. Triste comme elle, puisqu'elle ne poussa même pas un soupir. Elle se contenta de me donner une caresse avant de me saluer. Je n'oublierai jamais ses yeux absents : ils témoignaient de l'humiliation de son travail. Comme la peau brûlée chez le journalier.

J'étais ennuyé de rejoindre les Calabrais en boudant. Ils s'attendaient à me voir arriver aussi léger qu'une plume, mais ce n'était vraiment pas la sensation qui m'habitait. Je fus toute la nuit l'otage de la clique, qui était aussi silencieuse à la baraque que bordélique et querelleuse au-dehors. Et dépensière avec les putains. Comme ils voulaient encore me fêter après la passe, on alla boire de la bière près du viale Zara, une autre rue de prostituées. Désireux de remettre ça, ils se disputèrent avec un groupe de Siciliens qui faisaient la queue. Ma nervosité augmenta. Je me disais : si ça se trouve, je vais devoir me battre contre les Siciliens, avec les Calabrais. Je poussais au fond de ma poche le canif que certains, parmi ces types, maniaient sans doute beaucoup mieux que moi, étant donné que je ne l'avais ouvert qu'une seule fois, à San Cono. Heureusement, ils se calmèrent. Je n'imaginais pas qu'autant d'hommes fréquentaient ces femmes, ni qu'il y avait la nuit un tas de bagarres entre bandes régionales. J'ignorais tout du monde. Il suffisait d'un rien pour me rouler dans la farine.

Tels furent mes adieux au célibat. Puis le jour prévu arriva et, la veille au soir, j'achetai une nouvelle fois des poulets rôtis et du vin rouge pour revoir avec les Calabrais le plan d'évacuation de la baraque.

« Vous partez à 13 h 30 en laissant les lieux propres et en ordre.

— Oui, m'sieu », répondit Evandro.

Pour éviter d'éveiller les soupçons, je m'habillai comme pour un jour ordinaire, non le plus important de ma vie. Je m'assis sur le muret habituel et contemplai la via Silvio Pellico d'où, d'après le plan, Maddalena était censée surgir. Elle avait d'abord dit à son oncle qu'elle avait envie de sortir avec ses amies, mais, étant dur comme la pierre, plus calabrais que tous les Calabrais réunis, il ne l'y avait pas autorisée. Alors elle avait inventé qu'elle devait faire des heures supplémentaires à l'atelier le samedi après-midi, et il n'avait plus rien eu à objecter. Elle effectua un grand détour avec Cristina, son amie venue la chercher, puis rebroussa chemin. À 14 h 15, je la vis apparaître sur la selle de sa Graziella, droite comme un i et les yeux déterminés. Une fois à l'intérieur, elle m'apprit que Cristina allait le raconter à Mam' Lenuccia, une vieille femme alerte, dotée d'une crinière de cheveux blancs qui ressemblait à de la barbe à papa. Cette vieille-là était mieux qu'un mégaphone : avec elle, tous les secrets se transformaient rapidement en secrets de Polichinelle.

La preuve prouvée que la vie est drôle, étrange et cocue furent ces heures passées ensemble. Alors qu'on n'avait jamais assez de temps et qu'on aurait fait n'importe quoi pour grappiller quelques minutes, une fois en tête à tête, à l'intérieur, on ne trouva ni mots, ni faim, ni envie. On se regardait dans le blanc des yeux en se tenant la main. Maddalena riait et pleurait en même temps. Elle ne cessait de me demander : « Tu seras gentil avec moi, pas vrai ? » Quand je compris qu'elle tremblait de peur à l'idée que je la force, je pensai que la passe avait été de l'argent jeté par la fenêtre. Je m'approchai de son visage criblé de taches de rousseur et dis : « Maddalè, je ne veux rien, tu sais. Je ne suis pas une bête. » Elle finit donc par se calmer, l'appétit lui revint un peu et, pour la première fois, on s'attabla face à face. Elle mangea avec plaisir des minipizzas et du gâteau, un gâteau fantastique avec de la génoise et du marasquin.

Quand on alla à la fenêtre, on vit l'oncle et la tante. Le premier ne me regardait même pas de travers, car c'était au fond ce qu'il voulait. Seule la seconde braillait : « Et maintenant qui va vous marier ? Vous n'avez même pas l'âge ! »

Plus loquace que d'habitude, je répondis : « Ne vous inquiétez pas, madame Je-ne-sais-qui, on a une tête et un cerveau, on a déjà pensé à tout ! Le cousin de mon père est prêtre et, quand on lui annoncera la nouvelle, il nous mariera sans faire d'histoires, parce que les gens de San Cono sont rapides et pas pointilleux ! »

Les Calabrais applaudissaient, tout comme les petiots des autres baraques. Mam' Lenuccia se félicitait en dialecte milanais : « Bravo, les Napolos ! La fuguette, c'est de l'argent économisé ! » Elle était douce et gentille. La seule à dire « Napolos » sans être blessante. De fait, après le voyage chez nos familles bancales, c'est dans sa cave qu'on alla habiter. À la baraque numéro 4.

Quinze

Le mieux, dans la fuguette, ce ne furent pas tellement les heures passées dans la baraque. Le mieux, ce fut le voyage à bord du train du soleil en sens inverse. Du reste, c'est bien ce qu'on effectua : une petite fugue pour rentrer chez nous, nous présenter mutuellement ceux qui nous avaient mis au monde, les villages qui nous avaient obligés à déguerpir à toutes jambes, les rues que nous avions parcourues du temps où nous étions petiots.

Le train qui descend n'est pas le même que le train qui monte. C'est une autre histoire. Ses voitures vides sont éloquentes, elles disent le vide de la région vers laquelle on se dirige. Vide de travail, vide d'occupations, vide des gens qu'on pense revoir et qui ne sont plus là.

Comme Maddalena avait peur de voyager de nuit, je la serrais contre moi sous prétexte de la rassurer. On parla de nos villages. Par jeu, je lui attribuais des devoirs. Je lui demandais : « Décris-moi ta mère, ton village et l'école que tu fréquentais », puis elle me retournait les questions. On s'amusait. Un monsieur survint avec un chariot, je m'en souviens, et elle me pria de ne pas dépenser d'argent, une phrase d'épouse mûre. Avant de fermer les yeux, je lui racontai mon voyage avec Giuvà et l'eau qui avait passé sous les ponts depuis ce jour-là… Giorgio et Mena, Mario et Carletto, la dondon, Maria Rosa beaux-tétins, Antonio, Currado… Impossible de savoir qui l'on trouve et qui l'on perd, quel foyer et quelle usine Dieu vous a attribués.

Ce long voyage fut aussi bref qu'une promenade à vélo dans la via Silvio Pellico. Rien d'étonnant : il en est ainsi quand on aime. Le temps ne suffit pas et le cœur rue comme un cheval. C'est lui qui accélère les aiguilles de votre montre et qui envoie de l'enthousiasme jusqu'aux petits doigts de vos pieds.

Après le train, on prit un car qui traversait villages et hameaux. Maddalena regardait avec admiration le paysage à travers la vitre, car la Sicile est la plus belle région d'Italie, au point que les Américains voulaient se l'approprier après la Seconde Guerre mondiale, et là, c'est vraiment la main de Dieu qui les a arrêtés.

Mon père m'avait dit qu'il viendrait nous chercher à la gare. Mensonges. Il vivait à présent au bar et se fichait de tout le monde, il ne passait à la maison que pour se changer et dormir. Je parcourus les rues du village la tête basse, ma casquette sur les yeux. Je n'aime pas qu'on m'apostrophe et qu'on me pose des questions de convenance. C'est une perte de temps. Soit on fait partie de la vie d'une personne, soit on n'en fait pas partie. Dans ce cas, autant se saluer d'un geste de la main et continuer son chemin.

Mon père Rosario n'était pas non plus à la maison. Je priai Maddalena de m'attendre, assise sur la valise. Je le débusquai au bar Italia, jouant aux cartes avec deux inconnus. Il était tellement absorbé dans sa partie qu'il m'embrassa et me lança : « À tout à l'heure, désolé, mon fils ! »

Tu peux te mettre ton fils où je pense, avais-je envie de lui répondre.

Il se présenta une heure plus tard et feignit d'avoir couru. Avant de m'étreindre, il salua Maddalena et lui dit pour plaisanter que, du père et du fils, c'était lui le plus beau.

La maison était telle que je l'avais quittée, sale et sens dessus dessous. La table couverte de miettes, qu'il balaya des mains en s'excusant. Le chat resta sous la table, tout chassieux, au lieu de venir vers moi, la queue en panache, comme à l'époque où je lui offrais des anchois.

Tandis que Rosario Giacalone tentait maladroitement de ranger, je l'observais : je comprenais qu'il était encore mon père, mais de loin. Trop d'années nous séparaient désormais. Me voyant réapparaître, devenu homme, une épouse au bras, il ne pouvait que me regarder prendre une route où nous ne nous rencontrions pas. Le temps de la ceinture, des cris et des ordres appartenait au passé. Celui des promenades en triporteur ou sur le cadre de son vélo aussi. Pour combler le fossé que creuse l'éloignement, il faut savoir parler, écrire, partager des sentiments, ce qui n'était vraiment pas le cas de Rosario Giacalone. Les conversations n'ont jamais été son fort ; mieux, si les gestes suffisaient pour expliquer, c'était toujours ça de gagné. Mon envie de fuir était donc aussi grande qu'à l'hiver 1959, même si ce n'étaient plus les anchois, mais le fait de me sentir étranger qui en était la cause.

On discuta du mariage. Mon père confirma que son cousin le père Fabrizio le célébrerait sans le moindre problème. Que l'écueil de l'âge était une idiotie.

« Je vous en donnerai, de la loi d'Égypte ! s'exclama-t-il dans des rires. Je vais tout de suite lui demander où et à quelle heure la cérémonie aura lieu. »

Après son départ, malgré la fatigue et l'hébétude, Maddalena se mit à laver le sol et la cuisine en me disant de ne pas m'inquiéter. Selon elle, il fallait comprendre mon père : « Déjà bien beau qu'il ne soit pas mort de chagrin, après toutes ces épreuves. »

De retour de la paroisse, mon père nous rapporta que son cousin s'était ravisé sous prétexte que nous étions trop jeunes. Il avait l'air d'une bête furibonde, comme à l'époque où il donnait des coups de poing et de tête sur la table chaque fois que le Dr Cucchi repartait. Il m'empêchait même d'enrager car il criait et prononçait les malédictions que j'aurais dû prononcer, moi qui étais venu de Milan avec Maddalena. Il hurlait et braillait, il braillait et hurlait. Enfin, il déclara qu'il allait tout arranger.

« Ne vous inquiétez pas. Aussi vrai que la Vierge est vraie, je réglerai tout. » Et il claqua la porte si violemment qu'elle faillit se dégonder.

On se dévisagea. Maddalena n'avait plus la force de nettoyer, ni de demander un verre d'eau, ni même d'ôter la robe qui collait maintenant à sa peau pour en passer une autre. On resta plantés sur nos chaises. J'étais incapable de l'étreindre. La honte que suscitaient en moi ma maison et ma famille me dévorait.

Mon père ne rentra qu'en fin de soirée et, sans même remarquer nos airs de cadavres ambulants, déclara : « J'ai tout réglé. Le père Fabrizio vous mariera demain matin… Mais tôt.

— À quelle heure, papa ?

— Tôt, répéta-t-il en regardant à travers la fenêtre.

— Oui, mais à quelle heure ?

— À 4 heures et demie. »

Je me suis marié à 4 heures et demie du matin ! Une heure de voleurs professionnels ! Je n'en ai plus qu'un vague souvenir tant nous étions nerveux et endormis ; de fait, nous n'avons pas signé droit sur le registre. Mon père avait ramassé deux gibiers de potence qui l'avaient suivi à la paroisse. Ils avaient attrapé le père Fabrizio par le col et lui avaient annoncé que, s'il était pressé de rejoindre Jésus-Christ, ils lui donneraient un coup de main. Au début, le cureton s'était démené comme une jeune poule, en essayant d'appeler au secours, mais ils lui avaient plaqué une main sur la bouche et avaient répliqué qu'il en était ainsi, qu'il valait donc mieux en finir tout de suite. Ils avaient passé la nuit avec lui afin de lui offrir ce peu de compagnie nécessaire pour l'empêcher de changer d'avis, et à 4 h 30 nous étions là. Ninetto Giacalone et Maddalena Reggina, quinze ans chacun, irréprochables et honnêtes citoyens italiens, traités comme deux bandits. Mariés à la sacristie au cours d'une cérémonie de moins de trois minutes, tandis que le père Fabrizio transpirait dans l'église froide et déserte, de peur d'être rossé.

À notre sortie de l'église, mon père voulut nous emmener au bar Torino. Ce petit déjeuner fut notre fête de noces : gâteaux et brioches chaudes avec du lait et du chocolat, Maddalena, mon père, ces deux âmes sales et moi. Mon père nous regardait manger, la cigarette aux lèvres, muet. Car il était toujours muet, les émotions n'étaient pas faites pour lui.

Sur le chemin du retour, un rayon de lumière surgit enfin dans le ciel, et je me rappelle que je lui demandai : « Papa, tu regrettes de t'être disputé avec ton cousin ?

— Non, répondit-il. Je n'ai plus rien à foutre de rien ni de personne. »

Seize

Je ne suis pas poète, je le sais. Et je ne le deviendrai pas, maintenant que j'ai cinquante-sept ans et que je me sens vieux. Autrefois, pendant que je trimais ou marchais dans la rue, il m'arrivait de me dire de beaux mots et j'avais l'impression qu'ils formaient un poème. En tout cas, comme les poètes, j'aime la lune : je connais encore par cœur ce chant de Giacomo Leopardi, qui fête son anniversaire en la contemplant, tout seul, sur la colline. Je commence à la suivre alors qu'elle est loin dans le ciel, je la regarde s'allumer lentement, telle une ampoule à basse consommation. Elle s'éclaire, et le ciel s'éteint.

À San Cono aussi, Maddalena et moi regardions la lune, assis sur le trottoir. Humide et voilée, elle dominait le clocher, puis survolait le toit en ardoise de la maison du tailleur, avant de s'installer au-dessus de nos têtes. Nous grignotions du pain à la tomate en arpentant la via Archimede. Le silence de la rue et le blanc qui tachait les murs étaient plus éloquents que les mots.

Avec mon père, ce furent des jours vides. Ce mariage en cachette nous avait donné envie de partir. Mais je ne pouvais pas m'en aller sans avoir salué ma mère et l'excellent Vincenzo Di Cosimo, voisin de palier de la famille Giacalone.

Maddalena a toujours été de nature enjouée, et quand je lui lançai « On appelle ensemble M. Vincenzo ? », elle accepta immédiatement, car elle s'était attachée à lui à force de m'en entendre parler. Il se montra au troisième cri et je fis les présentations de balcon à balcon. « Maître, je vous présente ma femme Maddalena. Maddalena, je te présente mon maître, M. Vincenzo Di Cosimo ! » Il écarquilla les yeux et contempla longuement mon visage transformé. Puis, d'un geste de la main, il nous invita chez lui.

Il n'avait pas changé depuis le jour où je lui avais sauté au cou pour lui prouver mon affection inconditionnelle. Il nous dit de nous asseoir à la grande table et nous proposa un café, un verre de lait, ou simplement de l'eau. Maddalena choisit de l'eau, M. Vincenzo du café, et moi du lait.

« Avant que je vous raconte tout, voulez-vous bien me dire comment vont mes anciens camarades de classe ? » questionnai-je avec impatience.

Il répondit que ceux qui avaient fréquenté l'école avaient tous obtenu le certificat d'études primaires, mais qu'il ignorait ce qu'ils étaient devenus, parce qu'il ne suffit pas de vivre dans un village minuscule pour suivre la vie des autres. Le maître n'émit pas le moindre commentaire sur notre âge. Il déclara qu'il n'y a pas de meilleur choix que d'affronter la vie à deux. Tout en parlant, je me le rappelle, il lançait des regards à une photo encadrée qu'il avait sur sa commode et je me demandais qui était cette fille, si elle était vivante ou morte, proche ou lointaine.

Avec M. Vincenzo, je n'étais pas muet. Au contraire, pensées et récits se pressaient dans mon esprit, et j'avais besoin d'ordres, ainsi que de devoirs, pour bâtir un bon exposé.

« Décris depuis le début, depuis que tu es descendu du train, les lieux que tu as habités, les travaux que tu as faits, les amitiés que tu as nouées », me dit-il comme si j'étais encore à mon pupitre.

Grâce à ces instructions, j'avançai sans encombre et rapportai le moindre détail : ruche, auberge, baraque, dondon, chantier, Antonio, Currado, « et personne d'autre, conclus-je en écartant les doigts. Car, contrairement à Maddalena qui a une nuée de camarades, je n'ai plus envie d'avoir des amis, cher maître ». J'étais tellement absorbé dans mon récit que j'en oubliais d'essuyer la moustache blanche que me dessinait le lait, et il était agréable que ma femme s'en charge.

À la fin du compte rendu, je respirai profondément et vidai mon verre. Je m'attendais que le maître m'interroge sur mon journal, mais il s'en abstint. Il avait peut-être compris que je n'y avais rien écrit, à moins que les journaux, une fois offerts, ne deviennent aussi intimes que les sous-vêtements et qu'il ne soit mal élevé de s'y intéresser. En revanche, il voulut savoir où Maddalena était née et jusqu'à quelle classe elle avait fréquenté l'école. Il fut très content d'apprendre qu'elle avait eu son certificat. Puis il lui expliqua que la Calabre n'était pas seulement une terre âpre et pauvre : elle avait vu naître des personnages aussi illustres que Pythagore, l'homme du théorème, et que Tommaso Campanella, un poète qui souffrit beaucoup au cours de sa vie, mais endura la tête haute. Ce M. Campanella était le fils d'un savetier si pauvre qu'il lui était impossible d'aller à l'école, nous raconta le maître. Mais comme il n'était pas du genre à se décourager, pas même lorsqu'il était dans le pétrin, il assistait de la fenêtre aux leçons de l'instituteur, et il apprit ainsi un tas de choses. Maddalena et moi l'écoutions, les yeux écarquillés, jusqu'à ce que vienne l'heure de partir. Mon ami nous offrit alors une autre tablette de chocolat, ainsi qu'un recueil de poèmes de la Grèce ancienne, dont les illustrations représentent des hommes minuscules à côté d'une mer et de montagnes gigantesques. J'ignore combien de fois je les ai lus. Maddalena aussi les connaît bien : je les lui ai récités du premier au dernier pendant le voyage du retour.

En sortant, nous étions remplis d'énergie et de belles espérances, et le village avait moins l'air d'un trou, car cet homme vous incitait à ne jamais baisser les bras, exactement comme M. Campanella.

Mon père était absent à notre retour. Je fumai à table, et la vue de la salle à manger dévastée chassa en l'espace de quelques minutes l'euphorie que le maître avait fait naître en moi. Je sentis que rien ne m'appartenait. Il n'y avait plus rien de moi dans cet endroit. Pour la première fois, j'étais à San Cono et j'avais envie de rentrer chez moi. Dans la cave d'une baraque située au milieu de la terre nue de la banlieue de Milan. Une cave louée à une vieille Milanaise. Et pourtant, c'était ce à quoi je pensais désormais quand je disais « chez moi ».

Dix-sept

Hier, coups de pédale inutiles autour de Greco et de la Bicocca. Là où il n'y avait autrefois que des champs et encore des champs, je découvre des rangées de bâtiments de carton-pâte. « Ce sont tous des départements de l'université », m'a expliqué un passant.

Je n'ai rien trouvé non plus dans ces quartiers. On n'y veut même pas d'un plongeur.

Ce matin, je me force et ressors. Je gagne la via Melchiorre Gioia et le quartier Garibaldi, bourré de gratte-ciel neufs. Un spectacle impressionnant. D'immenses tours de verre, certaines tordues ou en forme d'étranges silhouettes, d'autres surmontées d'antennes clignotantes pour éviter que les hélicoptères ne s'y heurtent. À force de lever la tête, l'envie de voir comment les gratte-ciel sont faits à l'intérieur s'empare de moi, aussi j'ouvre une porte en verre. Une salle immense, un sol brillant, un silence froid. L'ascenseur est l'unique chose qui bouge. Je me dirige vers le seul homme que j'aperçois. Debout derrière un comptoir laqué, il me regarde approcher. Je lui demande si on a besoin d'employés. Sans la moindre imagination, il me dit de lui laisser un curriculum.

« Au format européen ?

— Ce serait préférable. »

Ce monsieur a un visage de gentil et ne semble pas très affairé. Alors j'inspire, m'accoude au comptoir, m'assure qu'il n'y a personne derrière moi et tends le cou.

« Pardon, puis-je te demander un service ?

— Avec plaisir, répond-il, toujours gentil.

— Tout le monde me réclame ce curriculum, mais personne ne me dit comment l'établir. Il paraît qu'il faut aller sur le Net, mais je n'en suis pas capable. Tu m'expliques ? »

Il me lance un regard inquisiteur et, d'après moi, en tire une conclusion juste, c'est-à-dire que je suis un chômeur ignare. Si ignare qu'il ne sait même pas ce qu'est le Net, ce qui est en effet le cas. Il opine du bonnet et imprime deux feuilles, qu'il m'invite à lire et à remplir. Tant que j'y suis, je le prie de m'autoriser à écrire dans un coin de façon qu'il me corrige ensuite. Alors cette bonne tête me dévisage et, m'indiquant un fauteuil, répond : « Pas de problème. » C'est ce que disait également le sage Titta, qui vivait de solutions, pas de problèmes.

Pour la ligne COORDONNÉES PERSONNELLES, tout va bien. Les difficultés commencent ensuite. Et je m'en tire ainsi :

EXPÉRIENCES PROFESSIONNELLES : *paysan à San Cono, livreur pour une teinturerie de Milan qui n'existe plus, maçon sur divers chantiers, ouvrier pendant trente-deux ans chez Alfa Romeo, site d'Arese. Fonction spécifique : chargé du tour à décolleter (4 ans) et conducteur de chariot élévateur (28 ans).*

ÉTUDES ET FORMATION : *quatrième. Note : Excellent.*

LANGUES ÉTRANGÈRES : –

Les choses se compliquent au chapitre « Compétences ». Je suis tenté de lever la main pour demander de l'aide, mais je me presse les méninges car je veux me débrouiller tout seul.

CAPACITÉS ET COMPÉTENCES EN MATIÈRE DE RELATIONS. Vivre et travailler avec d'autres personnes, dans un milieu multiculturel, en occupant des postes où la communication est importante et dans des situations où il est essentiel de travailler en équipe, etc. : *j'aime être entouré de gens qui travaillent avec moi, c'est évident. Sur les chantiers et chez Alfa Romeo, j'étais toujours en groupe et on se donnait un coup de main si nécessaire. Aujourd'hui encore je serais capable de travailler avec les autres, mais l'âge m'a rendu plus solitaire et je préférerais, si possible, travailler seul. J'ai un caractère silencieux, concentré et réfléchi.*

CAPACITÉS ET COMPÉTENCES EN MATIÈRE D'ORGANISATION. Par exemple, coordination et administration de personnes, projets, bilans : *je suis ponctuel et précis, ça oui. Mais je n'ai jamais été habitué à coordonner ni administrer, étant arrivé à Milan après la huitième, et ayant suivi les cours du soir d'Alfa Romeo jusqu'en quatrième. Je crois que je serais capable de concevoir des projets et des bilans, car les projets sont des rêves faits les yeux ouverts, et on établit des bilans chaque soir quand on éteint sa lampe de chevet et qu'on réfléchit à la façon dont la journée s'est déroulée.*

CAPACITÉS ET COMPÉTENCES TECHNIQUES. Usage ordinateur, équipements spécifiques, machines, etc. : *si on me montre, j'apprends, mais pas l'ordinateur, il est apparu dans ma vie à un âge où j'ai davantage envie de perfectionner ce que je sais, non de recommencer de zéro.*

CAPACITÉS ET COMPÉTENCES ARTISTIQUES. Musique, écriture, dessin, etc. : *je savais jouer de la guitare il y a très longtemps. J'aime les romans et encore plus les poèmes, que je ne sais pas écrire, hélas. Mon poète préféré s'appelle Giovanni Pascoli. Quand j'étais inscrit au syndicat et que j'assistais aux cours, je lisais aussi des livres d'histoire, de politique et de géographie, mais maintenant je préfère les romans courts.*

PERMIS : *je n'ai jamais eu de voiture. Je sais rouler à bicyclette et à mobylette.*

Le monsieur le lit et, d'après les mouvements de son visage, je dirais qu'il retient son rire ou l'envie de s'arracher les cheveux. Or, après la dernière ligne, il relève la tête et affirme, convaincu : « Très original, je n'y changerais rien. »

Sans un mot, il le tape à l'ordinateur, imprime une vingtaine de copies et me demande de les signer au stylo. Si ses enveloppes n'avaient pas d'en-tête, il m'en offrirait, ajoute-t-il.

J'avoue, les yeux rivés sur mes chaussures : « Je n'ai pas mis que j'ai fait de la prison. »

Mais cet homme doit être Jésus-Christ en costume-cravate, car il ne se scandalise pas le moins du monde, ni ne me juge des yeux. Il se contente de déclarer : « En effet, aucune rubrique ne le demandait. »

Alors je pose sur lui un regard que je dois forcément qualifier d'amoureux et laisse échapper cette phrase : « Si tu as envie de venir dîner chez moi un soir avec ta femme, cela me ferait grand plaisir. Maddalena cuisine très bien, elle en serait certainement ravie.

— Je n'ai pas de femme, j'ai un compagnon, répond candidement le Visage de la Bonté.

— Un compagnon ? C'est-à-dire ?

— C'est-à-dire que je vis avec un homme. Il s'appelle Pietro. »

L'instant de silence qui s'ensuit est la preuve que je suis désarçonné, mais j'essaie d'y remédier en m'exclamant d'une voix enthousiaste : « Et alors ? Viens avec Pietro ! Viens avec qui tu veux ! » Je ne manifeste cependant pas autant de paix intérieure que lui. Du reste, étant peut-être Jésus-Christ descendu sur terre, il est sans doute plus habitué à la tolérance que moi.

Je lui laisse une photocopie du curriculum pour les bureaux du gratte-ciel et confirme que je pourrais me contenter de nettoyer les escaliers. « Peut-être pas tous, car il y a ici soixante étages… » Et il sourit en hochant la tête. Puis je lui répète de ne pas s'inquiéter, de venir avec Pietro, y compris à l'improviste.

« De toute façon, on est toujours à la maison. Maddalena regarde la télévision et moi, je fume à la fenêtre. »

Je me rends compte alors que je ne me suis même pas présenté et je lui tends la main : « Enchanté. Ninetto. Encore merci.

— Je m'appelle Paolo. »

Tout fier de mon curriculum au format européen, j'en distribue dix-huit exemplaires en une matinée. Magasins du centre commercial, entreprise de nettoyage, autres gratte-ciel à portes de verre. Je m'arrête ensuite dans une papeterie pour faire d'autres photocopies, enfin je m'adosse au mur et fume une cigarette très méritée. À 13 heures, affamé, j'entre dans une boutique de pizzas à emporter. Deux Africains au travail. L'un défourne des pizzas fantastiques et l'autre note des commandes au téléphone. Je choisis une portion de margherita et une petite bouteille d'eau, puis m'installe sur un tabouret, les coudes sur le comptoir. À côté de moi, un jeune couple mange en veillant à ne pas laisser tomber de sauce. Tout en mâchant, je regarde les Africains travailler. Un va-et-vient de gens, le téléphone qui ne cesse de sonner, les moules qui crépitent l'un après l'autre sur le marbre… Pas comme dans la pizzeria en face de chez nous, où les clients n'entrent que de temps en temps et où les tables ne sont jamais toutes occupées. J'attends que le nègre de la caisse se libère un instant et lui demande en jetant un coup d'œil derrière moi : « Vous faites des livraisons à domicile ?

— Bien sûr.

— Vous avez besoin de quelqu'un pour livrer les pizzas ?

— Tu sais conduire un scooter ? »

Je hoche la tête. « Je peux aussi te donner mon curriculum au format européen, dis-je avec une certaine autorité.

— Qu'est-ce que tu veux me donner ?

— Mon curriculum !

— Curriculum ? Non, non, écris ton nom et ton numéro de téléphone sur ce papier et je t'appellerai pour te donner les horaires de la semaine. Tu es disponible le samedi et le dimanche ? »

Il m'explique qu'ils ont trois livreurs, deux étudiants et son cousin. « Mais de temps en temps, on aurait besoin d'un quatrième. Tu connais les rues du quartier ? » interroge-t-il, me donnant presque le vertige.

Je réponds « Presque toutes » sans qu'il puisse saisir le concentré de vie qui se cache dans ce « presque toutes ».

Maddalena est aussitôt opposée à ce projet. Évidemment. Pourtant je commence le soir même et j'ai tout de suite l'impression de vivre dans un film dont le héros n'avance jamais. La ville change, les habitants changent, les façons de faire changent, mais pas lui. Vieux comme jeune, il continue de livrer des marchandises. Il s'efforce de changer de vie, or soit sous l'effet d'un sortilège, soit parce qu'il commet chaque fois les mêmes erreurs, sa vie reste immobile et identique. Je ne saurais dire d'où vient la tristesse qui me serre un peu la gorge tandis que, sur le scooter de « Pas seulement pizza », je pétarade entre Porta Garibaldi, l'Isola et la piazza della Repubblica. Peut-être du fait que je travaille pour des immigrés, qui me paient toutefois dix euros l'heure, c'est-à-dire plus qu'un centre d'appels ou qu'une entreprise de nettoyage, et qui sont polis avec moi, qui m'ont donné du travail sans exiger de curriculum ni d'arrhes comme le bourreau qu'était la dondon. C'est peut-être l'odeur du four à bois et d'humidité qui s'est collée à mon blouson. Ou l'idée que j'aurais pu avoir une vie meilleure. Il n'est pas vrai que la bonne volonté suffit pour tourner la page et recommencer. Si l'on veut d'une vie où l'on est content de se lever le matin, il ne faut jamais rien briser, jamais rien abîmer. Je me fous bien de ma conscience qui marmonne : lorsqu'elle m'exaspère, je travaille du poignet et accélère, le scooter file et mes pensées se taisent un peu.

Karim et Magdy m'envoient livrer même un simple sandwich. Ils ne reculent devant rien. Avant-hier soir, ils ont rallumé leur four à bois pour une seule pizza margherita à l'intention d'un homme qui était entré à plus de 23 heures, les cheveux trempés par la pluie. Il nous arrive aussi de manger tous les trois en fin de soirée, sur le comptoir fixé au mur. Aucun de nous ne boit d'alcool : eux parce qu'ils sont musulmans, moi parce que je ne le supporte pas. Nous descendons tout contents de bonnes bouteilles d'eau pétillante. Cet été, pour la première fois en six ans, m'a raconté Magdy, il fermera dix jours et retournera en Égypte.

« J'achèterai trois cents kilos de blé. Là-bas, il est moins cher et meilleur. Et puis mon père m'a trouvé une épouse.

— Ah oui ? Et tu sais déjà si elle te plaît ? »

Il acquiesce, l'air persuadé, alors je l'imite et nous trinquons tous les trois à l'eau.

Quand j'appelle à l'interphone, les gens descendent en pantoufles et viennent récupérer les cartons chauds à la porte d'entrée. Les parents de petiots et les vieux me prient de monter. Qu'un monsieur à cheveux blancs effectue ce travail ne les surprend pas excessivement. La crise leur a sans doute ouvert l'esprit. Je ne regarde jamais les pièces que certains glissent dans ma main, je les fourre tout de suite à l'intérieur de ma poche. Au toucher déjà, on sent qu'elles sont légères, des piécettes de rien du tout qui servent juste à accomplir le geste du pourboire.

« Pizza ! » et « Merci, bonne pizza ! » sont les seuls mots que je prononce pendant mon travail. Au retour, je trouve toujours Maddalena éveillée ou assoupie sur le canapé, le téléviseur allumé. Elle me demande si je veux quelque chose de chaud et je réponds par la négative pour éviter de la déranger. Je vide sur la table ma banane contenant les pourboires et lui remets mes trente ou trente-cinq euros, moins les quatre destinés à mon paquet de cigarettes. Travaillant trois soirs par semaine, je parviens à glaner une centaine d'euros. Ajoutés à sa retraite de surveillante, ils améliorent le magot, puisque nous atteignons presque mille. Le jour où je recevrai ma retraite, nous n'aurons plus de problèmes.

Quoi qu'il en soit, Maddalena n'est pas contente, elle a peur que j'attrape un rhume. Et, de fait, elle ne se trompe pas : sur le scooter, on est très exposé au froid. J'ai toujours la goutte au nez et, sans protège-oreilles, j'ai mal à la tête. Pourtant, maintenant que j'y pense, une chose a changé : ma femme m'a tricoté une belle paire de gants, et je n'ai plus les mains rouges et gercées, comme à l'époque où je filais à bicyclette. Ce n'est peut-être pas une différence négligeable.

Dix-huit

Je n'ai rien répliqué. Certes, je n'avais pas l'intention d'être livreur toute ma vie, mais j'aurais bien continué un peu. Or Magdy me téléphone aujourd'hui et, au lieu de me fournir les horaires de la semaine, m'explique qu'un membre de sa famille est arrivé en Italie et qu'il doit le faire bosser. Il est prêt à téléphoner à une autre pizzeria, dans les Navigli, pour dire un mot en ma faveur. Nous nous saluons comme si nous allions nous revoir, mais nous savons tous deux que ça ne sera pas le cas.

Maddalena accueille cette nouvelle avec satisfaction.

« Tant mieux ! s'exclame-t-elle. Au moins tu arrêteras d'user des mouchoirs et tu guériras de cette toux affreuse ! » Puis elle met de l'eau à bouillir pour me préparer une fumigation au bicarbonate. Mon rhume semble passer dans l'après-midi, tout comme mon envie de chercher du travail. C'est un effort inutile, et je sens que je n'ai pas le système nerveux en assez bon état pour continuer. Il n'y a pas à dire, la véritable peine à purger est à l'extérieur de la prison.

Comme je suis agité, que je ne parviens même pas à rester à la fenêtre, je fais des promenades dans le couloir, les mains dans le dos. Je vais et viens, vais et viens, vais et viens. Pendant plus d'une heure. Au point de m'étourdir et d'avoir le vertige.

« Ça suffit ! Vivre ainsi est un enfer ! » s'écrie soudain Maddalena.

Alors je la provoque : « Tu préférais quand j'étais en prison ? Dis-moi la vérité, tu vivrais mieux si je crevais ? Tu veux que nous nous séparions pour que tu puisses voir ta fille et ta petite-fille ? »

Mais Maddalena ne mord pas à l'hameçon, j'ai du mal à me disputer avec elle, à la mener où je veux. Cette femme est un poisson libre. Vous pouvez nager à ses côtés, mais pas lui dire où aller. Elle commence par me crier une fois de plus que je suis insupportable, puis elle s'approche si près que je peux sentir son haleine. « Il est inutile que nous nous séparions pour que je voie ma fille et ma petite-fille. Et je ne cesserai jamais de les voir ! » réplique-t-elle d'un ton sévère.

Ces mots me paralysent. Nous nous faisons face dans le couloir, tels deux soldats ennemis qui doivent soudain s'affronter en duel. Voyant que je ne bouge pas, elle me marche sur les pieds et me pousse vers la porte. Je n'oppose pas de résistance, j'admets que je retiens un peu mes rires, mais elle ne plaisante pas, elle continue de me chasser comme si j'étais un rat auquel assener des coups de balai. Elle décroche ma veste du portemanteau, me met mon bonnet, noue mon écharpe et me flanque dehors. Elle ne rouvre la porte que pour me lancer le livre que j'ai abandonné sur le canapé.

« Le soleil brille, va donc boire un café chez les Chinois et lire au jardin public. Si tu reviens avant le déjeuner, je ne t'ouvrirai pas ! » Elle claque la porte et la verrouille à double tour.

Me voici sur le palier, mon bonnet de travers, mon écharpe sur l'épaule, ma veste ouverte. J'ai l'air d'un épouvantail. Je croise Mme Rovelli, la seule à me saluer, et je suis incapable de lui répondre.

En fin de compte, je suis obligé de réviser mon jugement sur les Chinois. Silencieux, discrets. Le café est dégueu, il sent le sable. Le bar n'est pas vraiment propre et plutôt sombre parce qu'ils ont placé une machine à sous devant la fenêtre. Mais ils sont gentils. Quand je lui tends la tasse, le garçon me demande : « C'est bon ? » Je dis : « Bof » avec un geste de la main car les mots ne suffisent pas. Il adopte une expression désolée, alors je souris puis m'entête : toujours par gestes, je lui explique qu'il faut moudre le café bien frais et le presser. Plus je regarde ces deux jeunes, plus ils me paraissent petiots. Ils m'attendrissent, tout seuls dans un bar de la via Jugoslavia où les choses marchent exactement comme il y a de nombreuses années dans la ruche de la via Gorizia, déserte pendant le jour, animée uniquement lorsque les gens vont au travail et en reviennent. Je contourne le comptoir et règle l'eau de la machine : ces idiots ont mis la pression à dix bars. Je leur arrange également le moulin, qui ne broie pas assez fin, en répétant : « Comme ça, le café brûle. Forcément ! » Et j'assène au garçon des tapes amicales sur sa nuque couverte de cheveux aussi lisses que des spaghettis. Je lui prépare un café selon les règles de l'art, avec une crème couleur noisette qui résiste, y compris quand on tourne la tasse. Ils me serrent la main et remercient, comme toujours obséquieux. La voix de la fille évoque un miaulement de chatte. Ils refusent que je paie, mais je laisse tout de même un euro sur le comptoir.

En me dirigeant vers le jardin public, je pense à ces deux jeunes. Ils ne sont peut-être pas si petiots que ça, mais presque. De toute façon il est difficile de calculer l'âge de ces frimousses jaunes qui sont désormais plus nombreuses que les mouches. Je songe aussi qu'il était agréable de s'expliquer sans mots. Agiter les bras, griffonner sur une feuille, indiquer énergiquement une direction. Il vaudrait mieux communiquer de cette manière ; ainsi, il n'y aurait pas de malice, de mauvaises intentions : juste des gestes clairs, comme ceux des petiots. Les Chinois ne savent rien de moi, de ce que j'ai fabriqué, de mon histoire de migrant peut-être moins dure que la leur, étant donné qu'ils viennent de très loin. Ils me regardent sans voir ce qui a été et, avec eux, il serait peut-être possible de recommencer. Oui, parce que les inconnus, je le comprends quand je m'assieds sur le banc froid du jardin public, n'ont rien à vous pardonner. Rien à oublier.

Vers 13 heures, le petit parc se dépeuple et je reste seul. Complètement seul avec le banc vide, le manège, les corneilles cachées dans les branches des arbres osseux sur lesquels le vent soupire de temps en temps. J'essaie de comprendre si ce qui m'entoure est la paix, ou juste l'atmosphère mortifère du quartier, mais c'est la journée des mystères car je n'arrive à aucune conclusion. Je glisse mon livre dans ma veste, petit comme il est, et me promène de long en large. Pour être honnête, je ne me sens pas aussi mal que dans le couloir. L'air aide.

Soudain, une envie étrange s'empare de moi. Je jette un coup d'œil circulaire. Je m'approche tout doucement de la balançoire. Je la touche d'abord du pied, comme on le fait avec les animaux trouvés sur la route pour voir s'ils sont morts ou encore en vie, puis je me positionne. Les mains sur les chaînes froides, les fesses sur la planche de bois. Je pousse en avant mes jambes et le sac d'os que j'ai pour corps. J'ondoie lentement, puis plus vite, enfin avec vivacité et légèreté. L'air qui souffle sur mon visage se transforme à un moment donné en vent et je cesse de me sentir mal, car je ne me sens plus. Je ne suis qu'air. De l'air sur le visage et des respirations ouvertes.

À mon retour, je le raconte à Maddalena. Elle me dévisage, sévère, puis éclate de rire et, regagnant la cuisine, commente : « Bravo, aide-toi, le Ciel t'aidera ! » Un peu rassuré, j'allume une cigarette à la fenêtre.

Dix-neuf

On rendit visite à ma mère. J'aurais dû comprendre à l'insistance de mon père – « N'allez pas jusqu'à Catane, je la saluerai de votre part quand j'y passerai » – qu'elle était en mauvais, en très mauvais état. L'hospice était une grosse caserne au carrelage fissuré, dont il fallait parcourir les couloirs sales pour atteindre les différents services. Dans les coins, des fourmis et des blattes. On aurait dit les cercles de l'enfer. Dans chaque couloir étaient amassés des pauvres gens affectés de malheurs plus ou moins identiques. Maddalena me pressait le bras en répétant que l'odeur des médicaments lui faisait remonter le lait du petit déjeuner. On en vit de toutes les couleurs. Chaque fois que j'entrais dans un dortoir et découvrais des personnes abandonnées sur des lits froissés, ou vautrées sur des chaises et occupées à fixer les toiles d'araignée, je priais pour que ma mère ne fût pas parmi elles. On la trouva sur une sorte de terrasse où elle se chauffait les joues au soleil, dans un fauteuil roulant, les bras croisés. Ils étaient six ou sept garés là, muets, les yeux clos. Je pressai la main de Maddalena et la lui indiquai de l'autre. Il ne fut pas facile d'arracher ma mère à son assoupissement, de lui montrer que je n'étais plus le petiot à laver dans la cuvette, mais un homme de quinze ans, fait et accompli, la cigarette toujours aux lèvres et une épouse au bras.

Peut-être me reconnut-elle en me touchant le visage, puisqu'il suffit d'un des cinq sens pour reconnaître ses enfants. Moi aussi, j'en suis certain, je reconnaîtrais Elisabetta en humant l'air ou en tâtant des doigts son visage changé. À ma vue, elle porta les mains en visière sur son front et m'écarta pour mieux me dévisager. Sa respiration s'accéléra. Elle nous observa, côte à côte, et finit par sourire, mais toujours sans parler. Jusqu'à la fin, le mutisme fut sa façon de se défendre. Contre la saleté, contre les médecins, contre la solitude.

Ma mère ne me regardait pas comme le reste du village. Elle me voyait inchangé. Différent mais inchangé. Ses yeux transperçaient mon aspect et voyaient en moi, là où j'étais encore le petiot qu'elle avait élevé et où, en même temps, je lui ressemblais, car j'avais dû moi aussi me défendre contre un tas de choses.

« Je veux savoir si tu es convenablement traitée et si tu manges bien. Puis je veux savoir si papa te rend visite et t'apporte ce dont tu as besoin », dis-je en martelant les mots comme si elle était sourde. Mais elle répondit à ces questions par un haussement d'épaules, comme pour signifier que ce n'était pas un sujet sur lequel s'attarder car, de toute façon, la vie continue d'aller là où elle doit aller.

Je laissai Maddalena lui raconter, accroupie contre le fauteuil roulant, comment nous nous étions rencontrés, et partis chercher les médecins. Je voulais connaître l'état de santé de ma mère de A à Z et voir de mes propres yeux dans son placard s'il y avait des gâteaux et des petites choses qui pouvaient l'égayer un peu. Mais le placard était fermé à clef, et il était impossible de débusquer les médecins. Ceux que je rencontrais dans les couloirs ne daignaient pas s'arrêter, même quand je les interpellais poliment ou quand je les poursuivais. Ils continuaient de foncer avec leurs blouses flottantes et me renvoyaient toujours les mêmes phrases à la con, « Ce n'est pas moi qui m'en occupe », ou « Ce n'est pas l'heure des visites ». Ils me baladèrent comme un couillon pendant trois quarts d'heure, d'un côté à l'autre et d'un étage à l'autre. Enfin, j'en choisis un au hasard et lui mis les mains autour du cou, lui plaquant le dos contre les étagères en aluminium. Il était beaucoup plus robuste que moi, mais peu importe : c'est toujours celui qui couve le plus de rage et de souffrance qui l'emporte. Le voyage interminable, mon père négligé, le mariage comme deux voleurs, ma mère abandonnée… personne n'aurait pu m'arrêter. Je crachai d'une traite ces mots : « Tu vas me dire de A jusqu'à Z comment se porte ma mère, Mme Immacolata Consolo, chambre 14, ou me conduire immédiatement à l'instant même auprès du médecin qui s'occupe d'elle, sinon je serre et je t'étrangle. » Pendant que je le menaçais, deux infirmières passèrent avec le chariot des médicaments. Elles écarquillèrent les yeux mais ne mouftèrent pas. Le médecin m'accompagna chez un de ses confrères et lui dit en dialecte de me recevoir. L'autre, constipé comme pas possible, expliqua que la situation ne changerait pas en ce qui concernait la santé du corps. La partie droite était endormie, et le cerveau ne fonctionnait pas très bien.

« Le problème principal consiste à lutter contre sa dépression, dit-il. Une dépression qui l'empêche de parler », conclut ce grand savant. Il était encore plus nul que le Dr Cucchi. Maman savait parler, et comment ! On l'avait juste emprisonnée dans cet égout immonde et cela n'améliore l'humeur de personne, inutile d'avoir des diplômes pour le comprendre. Telle était la raison de sa bouche cousue. Certaines saintes, ai-je lu, se sont conduites ainsi : quand un homme bestial les forçait, elles s'enfermaient dans un silence et un refus exceptionnels. Oui, car le silence est non seulement paix, prière, contemplation, mais aussi une défense invincible. De surcroît, Immacolata Consolo avait un mari qui s'était perdu en chemin, plus minable que la moyenne des minables, et ce n'était pas un soulagement.

« J'aimerais bien voir, cher docteur Je-ne-sais-qui, si à sa place vous auriez envie de bavarder ! » lui répondis-je en argumentant à ma façon. Mais il rétorqua qu'il n'avait rien à ajouter et je m'en allai, parcourant le couloir la tête basse et le sang tourné en vinaigre. Je remerciai Maddalena qui avait trouvé un soir le canif de mon père dans mon pantalon et m'avait obligé à le jeter aux ordures devant elle. À la pensée de ma mère, je me sentais envahi par le fort désir d'être adulte, d'avoir un logement et une place à l'usine pour l'emmener à Milan, où les médecins sont différents et les hospices plus lumineux, plus propres. Si elle avait été à mes côtés, je n'aurais peut-être pas perdu la tête le jour du coup de couteau. Une mère est toujours un frein pour son fils. Elle sait vous immobiliser le bras avant qu'il ne s'abatte.

À mon retour dans le dortoir, je fus accueilli par une scène vraiment inattendue. La petite bossue tatillonne donnait la becquée à ma mère ! À ma vue, elle tendit l'assiette à Maddalena et vint m'embrasser. Désormais elle m'arrivait aux épaules et il me suffisait d'un bras pour l'étreindre. Le temps lui avait adouci le visage, il avait ôté de ses lèvres gémissements et rengaines.

« Je viens presque tous les jours, m'apprit-elle. Quand je n'en aurai plus la force, vous me remplacerez, n'est-ce pas ? » conclut-elle en riant.

Voir les deux femmes ensemble fut un soulagement. Ce fut un soulagement, même si les soulagements, justement, finissent par vous rouler dans la farine et vous amènent à vous laver les mains comme Ponce Pilate. Après le déjeuner, tata coiffa et arrangea ma mère. Tout en lui brossant les cheveux, elle raconta qu'elle achetait de bonnes choses à l'épicerie de Turuzzu ou au marché de Catane avant de venir à l'hospice, et elle me montra avec fierté le placard de sa sœur, le plus garni du dortoir.

« Il faut le fermer avec un cadenas si l'on veut conserver les provisions. Les malades adorent les gâteaux et les douceurs, ils se transforment en voleurs professionnels ! » s'exclama-t-elle.

Ma mère m'invita d'un geste à prendre un biscuit aux amandes ou des fèves pelées. Pour lui faire plaisir, on se servit, bien qu'on eût l'estomac serré comme un poing.

Après qu'elle eut répété « Vilain, tu n'es même pas venu me dire bonjour », tata Filomena m'expliqua dans le couloir ce qu'il en était et me confirma que mon père s'était vraiment grillé. « Don Alfio a eu la gentillesse de le garder, il sait qu'il a des difficultés, dit-elle en regardant le soleil taper sur la terrasse nue. J'aimerais prendre ta mère chez moi, d'autant plus que je suis seule, mais ton père est têtu, rien ne peut le faire plier. »

Je répliquai que je lui parlerais, mais elle haussa les épaules, comme sa sœur. Elle avait raison : de retour à la maison, je n'obtins rien. Il aurait été plus facile de tirer du sang des navets. Il inventait mille histoires et, à chacune de mes questions, changeait de sujet.

« C'est comme ça, un point c'est tout ! s'écria-t-il bientôt. Si j'ai fait ce choix, c'est parce que c'est le meilleur ! » Il m'insultait en assenant des coups de poing sur la table et en arpentant la pièce. Enfin, il hurla : « Occupe-toi de ta femme, moi je m'occupe de la mienne ! » et claqua la porte.

Alors je priai Maddalena de boucler les valises et de se préparer à partir. Je ne voulais pas rester une minute de plus en compagnie de cet homme dans cette maison immonde.

À la gare de Catane, on nous apprit que le premier train pour la Calabre partait le lendemain. J'emmenai donc Maddalena coucher à hôtel, même si elle objectait qu'il fallait économiser : « Ne t'inquiète pas, Ninè, dormons à la belle étoile. » Mais je payai, et on nous donna une belle chambre avec une salle de bains parfumée. Ma rage se calma un peu devant la mer pleine de mouettes qu'on voyait à travers la fenêtre. Et le chagrin qui s'était incrusté dans ma poitrine se dissipa lentement grâce à Maddalena : cette nuit-là, dans la chambre d'hôtel, elle m'étreignit et me laissa lui faire l'amour.

Vingt

Maddalena est au téléphone avec Elisabetta. Chaque fois que ma fille appelle, mes pensées s'embrouillent et m'échappent. Mon humeur est toute chamboulée. Pour éviter d'entendre la conversation, je voudrais descendre chez les Chinois, voir si leur café s'est amélioré ou si c'est toujours la même purge. Mais depuis deux jours le ciel évoque un morceau de tôle. Une chape de gros nuages gris et rebondis pèse sur Milan. Ça ne donne pas envie de sortir. Le jardin public doit être vide, le siège de la balançoire humide, le quartier nu, encore pire qu'en novembre. J'irais bien proposer mes services de livreur à d'autres pizzerias africaines, mais si je n'ai pas la force de quitter le canapé, comment trouver celle de distribuer des curriculums ou de mendier quelques heures au noir ?

À force de changer de chaîne, je déniche un western tout juste commencé. Le western n'est pas un genre ennuyeux. On pourrait le croire, parce que en général il s'agit d'un défilé de nombreux abrutis avec chapeau et pistolet, mais, quand il est bien fait, il permet de comprendre que la vie est une guerre, que la loi n'est pas la même pour tout le monde et qu'un pistolet impose davantage le respect qu'un avocat. Ce film me plaît, cependant vers 16 heures se présente Mme Rossi, du septième étage, une dame avec laquelle Maddalena s'est liée d'amitié, alors avec ces deux femmes qui papotent, adieu la paix. Je presse le bouton rouge de la télécommande et vais à la cuisine préparer un *polpettone*[1]. Mais la journée a déjà adopté un mauvais pli : le résultat de deux heures de travail est une pierre brûlée assiégée par des patates noircies. Au dîner, Maddalena déclare qu'il vaut mieux que je regarde les pistoleros à la télé, les mains sur les genoux. Heureusement, il y a des figues de Barbarie, dont nous pouvons nous empiffrer. Tandis que Maddalena débarrasse et qu'un souffle de vent filtre à travers la fenêtre, je contemple une nouvelle fois la via Jugoslavia.

À Catane, on se réveilla à l'aube. Petit déjeuner au bar de l'hôtel avec des brioches, et adieu la Sicile. Cette fois on voyageait de jour, aussi Maddalena était-elle tranquille, elle avait juste envie de se remplir les yeux d'un paysage de plus en plus montagneux. En particulier quand on changea de convoi à Villa San Giovanni, direction Cosenza. Le trajet menant chez elle, à Spezzano della Sila, fut un travail d'Hercule, pire encore que le voyage avec Giuvà, mon « pays », si l'on ne compte pas la nuit à la gare et les paquets de sel. Comme Maddalena ne connaissait pas Cosenza, il nous fallut des heures pour trouver le car. J'étais un peu inquiet : il n'y avait rien dans les parages, pas de logement à moins de plusieurs kilomètres de marche. On finit par prendre un car en piteux état qui grimpait, grimpait. Je pensais dans cette montée, comme je le pense encore, que la Sicile est plus belle que la Calabre

1. Rouleau de viande hachée.

et que si M. Campanella est né en Calabre cela signifie que les génies naissent au hasard, graines jetées par la main de Dieu, rien de plus. Dans ce village stagnait un sentiment d'abandon. On aurait dit qu'il était éloigné du monde. Quatre rues escarpées, que je parcourus en nage en serrant les poignées des valises, fasciné par les vieilles femmes qui marchaient sans effort dans des ruelles en pente. J'observais Maddalena à la dérobée. Peut-être baissait-elle la tête, elle aussi, pour éviter de saluer ses concitoyens.

Enfin, on arriva. Via Dante, sans numéro. Je fis la connaissance de ma belle-mère, Giacinta. Sans doute parce que mes parents s'étaient mariés et avaient eu des enfants jeunes, j'eus l'impression que Giacinta était une grand-mère. Elle avait certes accouché plusieurs fois, puisque Maddalena était la dernière de cinq enfants, mais je la trouvais quand même vieille. Une femme gentille, très attachée à son intérieur. Elle aimait parler de son mari, mort en partisan, et de ses trois garçons, tous émigrés. Belgique, Amérique, Allemagne.

Les parents qui ont des enfants émigrés se renferment après leur départ. Conscients de les avoir laissés filer, ils n'ont pas le courage de tenir des sermons, ni de distribuer des jugements ou des coups. C'était le cas de mon père Rosario, c'était aussi le cas de la mère de Maddalena. Elle disait « Bravo, bravo, vous vous êtes mariés ! » et elle en restait là. Elle s'affairait de bon matin autour de ses casseroles et imaginait qu'elle n'avait rien de mieux à faire que de nous fourrer une assiette sous le nez et de nettoyer son intérieur.

Ce furent des jours tranquilles. Je découvris en Maddalena une fifille à sa maman. Elle embrassait la petite vieille toutes les cinq minutes et passait des heures à la regarder coudre ou écosser les petits pois, blottie sur une chaise minuscule à côté d'elle. Elle se contentait de ce qu'il y avait encore de beau dans leur relation. Heureusement, ma femme n'a pas le même caractère que moi, qui vois toujours le verre à moitié vide.

Je trouvai de la chaleur à Spezzano della Sila, et cette chaleur me rendait autant heureux que malheureux. Heureux pour Maddalena et malheureux pour ma famille, qui n'était même plus une famille : juste éparpillement et solitude. Je me demandais depuis combien de temps on n'avait pas senti dans l'appartement de San Cono une odeur d'agneau rôti, de gâteau frais ou d'omelette aux oignons.

Ma femme fut satisfaite de moi et de ma gentillesse. Le soir, au lit, elle me disait : « J'ai vraiment bien choisi mon mari… Tu ne sais pas danser, tu ne sais pas jouer de la guitare, contrairement à ce que tu prétends, mais personne ne fume autant que toi » et elle gloussait, la tête rejetée en arrière.

Un matin, Giacinta me demanda de l'appeler maman. Ce fut pour moi d'une terrible violence, car plus je l'appelais maman, plus je me sentais orphelin. J'acceptai pour ne pas déplaire à Maddalena, mais j'essayai de prononcer ce mot le moins possible.

On alla dire bonjour aux parents et aux amies de Maddalena qui habitaient la même rue. Dans chaque maison s'élevait un chœur joyeux, « allez, entrez ! », « mangez avec nous ! », « prenez un café ! », et ces quelques jours s'écoulèrent à toute allure entre salutations, repas et parties de cartes chez les villageois accueillants. J'étais épuisé quand on remonta dans le train pour Milan et, dans le compartiment, je regardai à travers les vitres, immobile, comme maintenant.

Je lorgne Maddalena dans le reflet de la fenêtre. Son corps excepté, elle n'a pas changé. Si sa mère était encore en vie, elle se blottirait sur la minuscule chaise et lui claquerait sur la joue des baisers de petiote. Maddalena est toujours aussi fraîche que lorsque je l'ai épousée. Une femme sans chichis. Tenace et prête à accomplir son devoir avant de se plaindre. Pas comme les hommes, qui ne sont bons qu'à s'en prendre aux autres, jamais à eux-mêmes. Sur ce point, Giuvà avait raison, lui qui répétait : « Avant de te plaindre, crachetoi au visage. »

Bientôt Maddalena m'appellera et me demandera un service. Elle me surveille et, quand j'exagère, me lance : « Ninetto, change l'eau des canaris », « Va jeter le verre », « Va chercher une bouteille de sauce à la cave »… Ou alors elle pose des questions stupides dans le seul but de me tirer quelques mots. D'habitude, elle commence ainsi : « Qu'est-ce que je te prépare à dîner ?

— Des pâtes aux courgettes.

— Comment ! J'ai déjà fait cuire la saucisse !

— Alors pourquoi me le demandes-tu ? » dis-je en secouant la tête.

Elle me souffle sur le nez et affirme que c'était juste pour parler et que, si elle avait su, au moment de m'épouser, que j'étais aussi rasoir, elle y aurait réfléchi à deux fois. Puis elle s'approche et pose ses mains potelées sur mes épaules. Ainsi, lentement, peu à peu, je me réchauffe. Oui, car lorsque je me perds dans mes histoires, je ne suis plus corps, os, muscles. Juste âme et voix.

Vingt et un

Cette nuit, j'ai rêvé de ma petite-fille. On se promenait main dans la main. Elle me parlait d'une chanson qu'elle devait apprendre par cœur pour la fête de fin d'année. On marchait sur le trottoir, le soleil dans les yeux, et Lisa disait qu'elle voulait des lunettes noires comme la fille de l'affiche de la publicité, pour devenir chanteuse elle aussi. J'étais si heureux de me promener enfin avec ma petite-fille inconnue que mon cœur effectuait des cabrioles, mais il battait également à toute allure de crainte qu'on lui fasse du mal. Je n'avais pas mon couteau dans ma poche, ce qui m'inquiétait et m'obligeait à regarder de tous côtés. Il faut toujours avoir mille yeux. Une menace peut jaillir n'importe où. Je m'efforçais de ne pas penser à cette peur, j'écoutais la chansonnette et voyais se dresser devant nous la ruche où j'ai vécu avec Giorgio, Mena et Giuvà, mon « pays ». La ruche n'avait pas changé depuis 1960, l'année où je l'avais quittée, elle était véritablement affreuse. Abandonnée à elle-même, la façade encore plus noircie par la fumée des cheminées d'usine. Autour, des HLM et des entreprises en ruine avaient remplacé les rangées d'usines et de hangars. Et les immeubles n'abritaient plus bouseux du Sud et Napolos, mais Arabes, Chinois et nègres échappés de la misère, de la mer agitée, de la police italienne. Je regardais un groupe d'Africains fêter un nouvel arrivé. Ils jouaient du bongo en formant un cercle de leurs corps, et l'homme dansait tout seul avec un sourire qui semblait vanter un dentifrice. Lisa jolie me demandait si elle pouvait me chanter encore une fois sa chansonnette et je lui disais « Oui, mon amour, chante-la à papy » sans détourner les yeux de la ruche décrépite et de ses nouveaux habitants. Puis elle tirait sur ma veste en criant : « Papy, qu'est-ce qu'on fait maintenant ? »

Je m'apprêtais à lui raconter d'une traite mon histoire de petiot émigré, à la raconter du début à la fin pour la lui léguer, ainsi qu'on lègue une bague dans un écrin. Lui montrer l'église, la buvette du Cinzano, l'arrêt du tramway et ce qu'est une ruche de l'intérieur, lui dire qu'à son âge je trimais déjà et mangeais à San Cono du pain avec de maudits anchois – rien à voir avec elle qui, à cinq ans, est encore un lis que la vie n'a pas effleuré, qu'elle ne doit jamais effleurer, sinon je perdrais la tête et renverserais le ciel. Or je n'arrivais pas à prononcer le moindre mot et je n'ai pas réussi à lui montrer ce que signifie être pauvre. De plus, les gens qui rôdaient autour de l'immeuble me déplaisaient. Ils avaient de sales gueules. Je me suis donc contenté d'articuler : « Viens, Lisa, viens avec papy, on va aller acheter des gâteaux, c'est l'heure de rentrer. » On a marché encore, le soleil dans les yeux. Pendant qu'on s'éloignait, elle s'est retournée vers la cheminée d'usine et a dit : « Papy, tu as vu comme c'est laid, là-bas ? » J'ai opiné du bonnet, mais avec regret, car l'endroit où nous avons vécu, petiots, n'est jamais totalement laid.

« Les champs vont commencer et ça sera mieux », ai-je répliqué pour la réconforter.

Je me suis réveillé en sursaut à cause du klaxon d'un maudit camion qui ne parvenait pas à manœuvrer. Désarçonné, le front emperlé de sueur, je me suis appuyé contre le dossier sans trouver la force de me lever.

Accoudé au comptoir du bar Aurora, je me demande si Lisa ressemble à la fillette du rêve et quand on me permettra de la voir. Si ces misérables vindicatifs me permettront un jour de la voir. Je regrette de ne pas lui avoir montré la ruche : les choses qu'on ne touche pas du doigt s'oublient.

Je sucre mon café en espérant qu'Elisabetta et Paolo sauront lui donner une bonne éducation et ne seront pas trop sévères, ce qu'Elisabetta est de nature.

« Bonjour, Ninetto, comment vas-tu ? » interroge Helin en surgissant de l'arrière-boutique.

Je réponds : « Bien. Je vais bien », pour dire quelque chose.

Je reste un moment, ahuri, au comptoir. Puis Helin réapparaît, vêtu d'un blouson, coiffé d'un bonnet, et me propose dans son italien tout en L et verbes à l'infinitif de l'accompagner chez Metro, car il faut qu'il se ravitaille pour le bar. Ces yeux noirs qui n'ont pas honte de trahir de l'effroi sont ce que j'aime chez sa femme et lui. Avant de monter en voiture, il me prie de l'aider à baisser la banquette pour entreposer nos futurs achats à l'arrière. Je ne lui cache pas qu'il conduit affreusement mal et que, si c'est le cas de tous les Chinois, si ceux-ci sont vraiment un milliard, la Chine doit être un carambolage général. Mais cette frimousse jaune ne sourit pas, tant elle est occupée à actionner l'embrayage et à se remémorer la liste de ses courses.

Le Metro est un magasin pour géants. Sacs de chips de trois kilos, barils de bière, fiasques de vin, jerrycans d'huile, boîtes de cinquante et de cent articles, non de dix. Les Caddie eux-mêmes ont des allures de caravanes. De temps en temps, Helin interroge : « D'après Ninetto, c'est bon ? » en indiquant un carton de bonbons, un paquet de pâtes ou une marque de pain emballé. Je réponds pour autant que je le sache et me dis que ce garçon se sent peut-être orphelin, qu'il n'a rien trouvé de mieux que moi pour glaner un peu d'affection paternelle. J'aimerais qu'il me raconte son histoire en détail, mais le Chinois est réservé et, face à mes questions, il tergiverse. Il faudrait des mots plus convaincants pour l'amener à ouvrir son cœur, des mots que je ne connais pas. Je laisse donc tomber les discussions, m'applique à lui distribuer des conseils et à ranger ses courses de façon que nous n'ayons pas de mal ensuite à décharger.

Après que je l'ai aidé à vider les sacs dans l'arrière-boutique, il me dit : « Tu veux boire quelque chose, Ninetto ?

— Non, merci, il est l'heure de dîner, je rentre chez moi. »

Mei m'offre une chinoiserie qui s'appelle soja, un flacon contenant un liquide aux allures d'encre. Je l'accepte pour éviter d'être malpoli et parce que son sourire me rappelle Elisabetta.

En traversant la via Jugoslavia, je cherche d'instinct la fenêtre de mon appartement et aperçois une faible lumière qui est certainement celle de la cuisine. Pour économiser, Maddalena veille aussi à ne pas gaspiller d'électricité.

Vingt-deux

Il fait beau depuis un mois. Le ciel est lumineux et des flocons de pollen flottent dans la via Jugoslavia. Désormais j'évite la fenêtre. Je n'y vais que pour fumer ou pour arroser les plantes. Je vide lentement la carafe afin que l'eau ne coule pas des pots et je regagne mon fauteuil. Elisabetta ne viendra pas. Pardonner n'est pas une qualité du monde, inutile d'être diplômé pour le savoir.

J'ai lu deux autres romans, *Sa Majesté des Mouches* et *Chronique familiale*[1]. Plus d'une fois j'ai dû répondre durement à Maddalena qui prétend que je n'y comprends rien : « Ferme ton clapet ou je te balance une godasse à la figure. »

Quand je sors, je passe toujours au bar Aurora. À mon entrée, les Chinois agitent des sourires et me lancent « Bonjoul, Ninetto » de leurs voix de gamins debout dans leur berceau. On parle à moitié par gestes et on se comprend à merveille. On s'est fabriqué un dictionnaire commun et un bon répertoire de signes. Ils me montrent tous leurs achats et me réclament des conseils

1. Ouvrages respectivement de William Golding (1911-1993) et de Vasco Pratolini (1913-1991).

sur la façon de les cuisiner. Ce sont deux jeunes gens hésitants qui ignorent tout de l'Italie. Ils vivent dans une partie de la planète qu'ils ne connaissent pas, et qu'ils ne connaîtront peut-être jamais parce qu'ils travaillent dur, ils restent ouverts jusqu'à quinze heures par jour, et je ne crois pas qu'ils aient le temps d'aller s'amuser ou se promener. Ces dernières semaines, nous nous sommes raconté deux ou trois choses intimes. Ils m'ont montré les photos de leurs parents et de leur village. Ils parlaient directement à leur famille sur un ordinateur et ils ont tenu à ce que je les salue moi aussi. Je me suis contenté de répéter devant l'écran « ohé, ohé » et « ciaociao » en agitant la main.

Après le café, je me rends au jardin public et, même s'il m'arrive de ne rien comprendre aux pages sur lesquelles je me creuse la tête, Maddalena ne doit pas se permettre de me parler de cette façon : tenter vaut toujours mieux que renoncer.

Le mercredi, je vais chez le psychologue de la Sécurité sociale comme tous les anciens détenus. Les conneries habituelles que l'État prévoit pour se laver les mains et montrer qu'il contrôle tout. J'ai fait fixer les rendez-vous à 8 heures, un créneau dont personne ne veut. De toute façon, je suis incapable de paresser au lit. Dès que Dieu envoie un rayon de lumière sur la Terre, j'ai envie de me lever et de ruer dans les draps. Je me rase et sors très vite, la cigarette aux lèvres. Être dehors à cette heure-là me donne le sentiment que personne ne me demandera rien, car la ville n'est pas encore réveillée et, le matin, les gens sont moins enclins à médire.

Je bois un second café chez Helin et Mei, puis je vais prendre le bus. Il me faut une demi-heure pour atteindre le centre médical de Famagosta, où Mme Gabrielli me reçoit dans une petite pièce nue, peinte en bleu ciel.

Cette femme au beau visage ne porte ni maquillage ni bijoux. Elle est nature, comme j'aime. Elle a les cheveux courts, les dents un peu saillantes et les mains effilées. Elle accomplit son travail avec plaisir, contrairement à moi qui ne mettais ni âme ni passion dans le mien, à l'usine. Et puis elle ne lésine pas sur les sourires et a de la patience à revendre. Y compris avec moi, qui ai joué le muet arrogant dès la première rencontre. Ces psys tiennent toujours à vous expliquer ce que signifient ceci et cela, se moucher de telle façon et dire « ba » à la place de « bé ». J'ignore si elle est de cette étoffe, en tous les cas je n'ai pas confiance, je reste muet et raide sur le bord de ma chaise. Elle paraît, quant à elle, détendue et, de sa voix de jeune fille, me propose plusieurs sujets de conversation. Elle me demande si j'ai réfléchi à ce que j'ai commis, à mes années d'incarcération, si j'ai des sentiments de culpabilité, si je souffre de crises de panique, comment je vis mon chômage et autres bavardages de ce genre. J'éprouve autant d'agacement qu'un cheval aux naseaux couverts de mouches. Je soupire et abats les ongles sur la table, ou me nettoie les dents avec la langue. Tout au plus, je réponds à la sicilienne en soulevant légèrement le menton, ou en effectuant des gestes étranges, comme pour signifier *Rien à foutre de tes questions débiles*. Je n'ai même pas envie de dire qu'il n'y avait aucun motif à ce coup de couteau. C'est l'obscurité qui m'a brouillé les idées.

Après le troisième rendez-vous, j'ai supprimé signes et grimaces. Je me contente de jeter de temps en temps un coup d'œil au tee-shirt qui dépasse de sa blouse, ou à ses cheveux qui prennent selon la lumière des reflets différents, à ses épaules étroites et un peu maigres comme les miennes. Ou alors je consulte ma montre toutes les deux minutes et la remonte comme si cette action requérait de l'application. Elle me répète patiemment les questions et, avant de commencer, dit sans nervosité : « Bonjour, monsieur Giacalone, comment vous portez-vous ? Ça va mieux aujourd'hui ? Je vous en prie, asseyez-vous. » Moi, toujours muet. Grossier et muet.

« Si vous ne voulez pas parler, pourquoi venez-vous ? m'a-t-elle demandé, l'air toujours bienveillant.

— Parce que c'est obligatoire », ai-je répondu en m'efforçant d'être moi aussi bienveillant, mais en vain.

Je pensais que passer le temps de cette façon convenait désormais à Mme Gabrielli, d'autant plus qu'elle profitait, à juste titre, de mon heure pour mettre de l'ordre sur son bureau et parmi ses dossiers. Or un matin, après moins de vingt minutes de silence de mort, elle a glissé ses chemises dans le tiroir, qu'elle a refermé violemment, et s'est exclamée d'un ton aigre que je ne lui connaissais pas : « Écoutez, monsieur, puisque vous gardez le silence, je vais vous dire deux ou trois choses, et il se peut que cela vous permette de vous conduire autrement. J'habite du côté de Sondrio, vous savez où c'est ? J'ai une maîtrise et un master, et je n'arrive à trouver rien de mieux que des remplacements à des dizaines et des dizaines de kilomètres de chez moi. Je touche un salaire minable d'un peu plus de mille euros, que je remets directement à la baby-sitter à laquelle je confie ma fille qui fait des caprices et refuse d'aller à la maternelle. Vous savez depuis quand je mène cette vie ? Vous le savez ? Depuis six ans. Six ans ! Je vous le dis pour vous montrer que, si vous avez des problèmes avec les autres, vous n'avez pas à leur en faire subir les conséquences. Donc, soit vous me dites quelque chose, soit j'écris séance tenante un rapport dans lequel je certifie votre refus de collaborer ! » En criant cette phrase, elle a écarté les bras et balayé tout ce qui était sur son bureau, un pot de stylos, des feuilles, un million de trombones. Alors j'ai songé, les yeux écarquillés, Seigneur, elle a été piquée de la tarentule.

Mais, mystérieusement, ça a marché. À la pensée de ses longues études, de ses trajets, de son travail précaire, de son visage aux joues encore tachées de jeunesse, je me suis dit qu'il était injuste de lui infliger mon silence moqueur. J'ai donc respiré profondément par le nez, je l'ai aidée à ramasser ses babioles et je lui ai parlé d'une voix essoufflée qui, à force de racler ma gorge, a pris peu à peu de la couleur. « Écoutez, madame, je n'ai pas envie de répondre à vos questions. Elles ne m'intéressent pas, ai-je déclaré en détournant non sans mal les yeux du sol. Mais, si vous le voulez, je peux vous raconter quelque chose. Non par crainte de votre rapport, mais juste parce que l'impolitesse ne compte pas parmi mes nombreux défauts. »

Elle a levé les sourcils, croisé les bras sur ses minuscules seins et hoché la tête.

« Voyez, je ne fais rien depuis que je suis sorti de prison. Certes, travailler à la chaîne de montage n'était pas ma passion, loin de là, mais Alfa Romeo occupait mes journées. Or, quand on m'a arrêté, j'ai perdu mon travail et pendant que je purgeais ma peine l'usine où j'ai travaillé trente-deux ans a fermé ses portes. À ma sortie, je me suis immédiatement mis à chercher, sans résultats. Il y a encore quelques semaines, j'étais livreur pour une pizzeria dont les patrons, des Africains, ont engagé quelqu'un d'autre. Et maintenant, comme j'en ai marre, je ne fais rien. Je ne fréquente personne, j'évite les gens, je parle très peu, juste l'indispensable avec ma femme, qui à mon avis ne m'aime plus parce que j'ai gâché son existence et troublé sa paix à jamais. Je me borne à me raconter ma vie en détail, assis sur les bancs de Milan ou sur une chaise près de la fenêtre de la salle à manger. J'ai commencé comme ça, un après-midi où j'ai cru voir, à travers l'ouverture de ma cellule, mon ancien instituteur, M. Vincenzo Di Cosimo, qui est mort il y a de nombreuses années et a toujours vécu à San Cono, raison pour laquelle il ne pouvait en aucune façon se trouver dans la cour de la promenade de la prison d'Opera. Le fait est que j'y ai pris goût, jour après jour. Je suis parti de mes premiers souvenirs précis, c'est-à-dire des années de l'école, et je suis arrivé à mon mariage.

— Quel sera le sujet du prochain chapitre ? a-t-elle interrogé avec intérêt.

— J'ignore s'il y aura une suite. »

C'est ce que j'ai dit. La psy ne m'a plus posé de questions, mais elle ne soupirait plus et avait ces yeux doux qui me donnent l'impression de ne pas être seulement un vieillard tout pelé, mais aussi un homme qui connaît son fait, comme je le croyais autrefois.

Tandis que je reprenais mon souffle, après l'effort qu'avait requis tout ce discours, elle a demandé : « Pensez-vous être déprimé ?

— Moi ? ai-je répondu non sans surprise. Pas du tout, madame. Pourquoi me posez-vous cette question ?

— Parce que les gens qui sont atteints de dépression passent leurs journées de cette façon.

— La dépression frappe les dames blasées qui occupent leurs après-midi à jouer aux cartes, pas les gens comme moi », ai-je décrété, sûr de moi.

Alors elle a souri, car elle n'est ni riche ni blasée, mais toujours affairée et un peu sur les nerfs. Nous discutions bien. Ainsi, elle m'a prié de lui parler de ce Vincenzo Di Cosimo, et j'ai commencé à lui expliquer l'histoire du journal. Elle a alors regardé sa montre, s'est levée et a dit que l'heure dont nous disposions avait pris fin depuis cinq minutes, que je devais partir. Sachant que je dors quatre heures par nuit, elle m'a conseillé de prendre des cachets de passiflore, mais je ne les ai pas achetés.

« J'aurai autant de temps que je voudrai pour dormir quand je serai un petit tas de cendres, ce qui arrivera bientôt… » ai-je répliqué en enfonçant mon bonnet sur mon crâne et en accompagnant la porte.

À la séance suivante, Mme Gabrielli a voulu savoir pour quelles raisons je passe mes journées de cette manière. Elle a beau tourner autour du pot, elle veut toujours en venir au coup de couteau, mais je suis aussi fuyant qu'une couleuvre. Je ne crois vraiment pas qu'il faille expliquer ce que je suis par ce que j'étais, et ce que je fais par ce que j'ai fait, voilà ce que je lui réponds.

« Vous pouvez énumérer tous les noms de scientifiques autrichiens, austro-hongrois et ostrogoths que vous voulez, je m'en contrefiche et je reste de cet avis », ai-je dit.

Alors Mme Gabrielli a secoué la tête et, en me donnant rendez-vous à la semaine suivante, m'a adressé un sourire qui valait un treizième mois.

Maintenant j'ai envie de la voir et de lui demander s'il y avait de la circulation et comment se porte sa seconde fille, qui est un magnifique nourrisson. Un jour ou l'autre, j'aimerais aussi entrer dans une papeterie et lui acheter un pot pour ses stylos et ses crayons, ou un bouquet de glaïeuls, juste pour donner un peu de couleur à cette pièce triste aux murs du bleu des pyjamas.

Aujourd'hui j'ai de nouveau rendez-vous et cette nuit, comme d'habitude, je n'ai pas fermé l'œil. Après m'être posé les questions crétines qui me viennent toujours à l'esprit à cette heure-là – où s'en va le bruit du jour ? y a-t-il un ciel ou de nombreux ciels ? –, j'ai réussi à me concentrer et à préparer un discours que je me répète pendant le trajet, dans le bus qui mène à Famagosta. À 8 heures précises, je pénètre dans la pièce bleu pâle. Sans perdre de temps, je pose mon bonnet sur la table et commence : « Madame, j'ai un problème.

— Tout le monde en a.

— La dernière fois, je vous ai raconté comment se déroulent mes journées, vous vous souvenez ?

— Oui.

— Eh bien, le fait est que je n'arrive même plus à me raconter mon histoire. Je suis bloqué.

— Et pourquoi ?

— Je ne sais pas.

— Ce n'est pas possible, dit-elle.

— Bon, je le sais. Parce que après m'être raconté de A à Z jusqu'à mon mariage, je devrais maintenant aborder l'usine, trente-deux ans d'une vie toujours égale. D'une égalité impressionnante. Ou plutôt répugnante. Au bout de deux minutes, je suis sec, et non parce que je ne connais pas les mots. Durant quatre ans, je surveille la machine du tour, à la chaîne de montage, et les vingt-huit années suivantes je suis sur un chariot-élévateur. Neuf heures par jour, tous les jours, je soulève des pièces de moteur et les déplace, un point c'est tout. Un robot, pas un homme. Un bras mécanique, pas un cœur qui bat. Et, pendant ce temps-là, la vie ne m'attend pas, elle continue : l'emprunt immobilier aussi ponctuel que le réveil, les vacances chez nos parents en Calabre et à San Cono sans jamais voir d'autre endroit du monde, une fille qui grandit, qui m'échappe, juste sous mes yeux, et ainsi de suite… Je ne sais pas quoi dire, madame. Et si je ne sais pas quoi dire, cela signifie que je n'ai pas vécu. Pire, qu'on m'a couillonné et que j'ai jeté aux ordures la vie que Dieu m'a donnée, je l'ai gâchée bien avant la prison ! » conclus-je, le souffle court, en roulant mon bonnet en boule.

Elle me regarde sans parler, je meurs d'envie de fumer, mais quand je lui en demande l'autorisation elle répond : « Absolument pas, monsieur Giacalone, vous fumerez dehors. Pour l'instant, restez assis et expliquez-moi bien pourquoi.

— Comment ça, pourquoi ? Vous ne le comprenez pas toute seule ? »

Alors elle me sourit de ses yeux intelligents qui font d'elle une belle femme et une fille affectueuse, elle branle du chef, même si elle écarte ensuite les mains et déclare qu'elle ne peut pas m'aider.

« Nous possédons tous une part de vie qui est un sale morceau à cracher. Vous n'êtes pas le seul, monsieur Giacalone. »

Quoi ? La seule chose qu'est capable de répondre cette femme maîtrisée et masterisée est que nous possédons tous une part de vie qui est un sale morceau à cracher ! J'aimerais répliquer que Helin et Mei savent exprimer ces choses d'un geste.

Je poursuis d'une voix aussi claire que du temps où j'étais à l'école : « Écoutez, madame, vous voulez savoir à quelle conclusion je suis parvenu à force de perdre du temps à tout me raconter tout seul ? Vous voulez le savoir ?

— Je vous écoute.

— La vraie vie, pour moi, a été ma misère de petiot, mon émigration à Milan et ma survie au cours de ces années difficiles. Quand l'usine est arrivée, je me suis certes casé, mais je suis entré dans un tunnel sombre. Ça a été un chapelet, madame. Oui, vous avez bien compris, un chapelet, la prière la plus stupide qui soit, car à force de répéter machinalement une seule rengaine, la parole de Dieu elle-même tourne à vide, comme la voix dans une marmite en cuivre. Et la prison, chère madame, vous savez ce que la prison a été pour moi ? Un deuxième chapelet et un deuxième tunnel ! »

Elle reste digne et silencieuse, tandis que je gesticule et braille devant elle, le front en sueur, et peut-être me dit-elle, de ses yeux de bonne bête, qu'elle me comprend.

Vingt-trois

« Bon, monsieur Giacalone, nous nous reverrons après l'été. Par la suite, nos rendez-vous s'espaceront. » Voilà ce que m'annonce Mme Gabrielli. Cette phrase arrive comme une douche froide et je suis obligé de baisser la tête pour dissimuler ma déception. Je lui serre la main et pars, sans lui rétorquer qu'elle m'a cassé les pieds dès le premier jour pour que je parle et qu'elle m'a expédié quand j'ai commencé à le faire. Mais, alors que je ferme la porte, elle me rappelle. Je me retourne. Son crayon sur le menton, elle me lance : « Monsieur Giacalone, au lieu d'attendre votre fille à la fenêtre, les bras croisés, pourquoi n'allez-vous pas la voir ? Vous vous prenez pour qui ? Roméo et Juliette ? »

Une fois à l'air libre, je n'ai pas envie de prendre le bus et de pousser les usagers pour trouver une place assise. Je marche donc une bonne heure. Je longe le Naviglio Grande et, les yeux fixés sur l'eau sale, fume tout mon soûl. Dans l'Alzaia, je vois un chien à la fenêtre d'un immeuble, un berger allemand dont les pattes pendent sur le rebord, le regard perdu dans le vide. Je frotte une allumette contre le mur et l'observe. J'essaie de déterminer s'il se raconte lui aussi une histoire.

À la maison, Maddalena a préparé une salade de riz. J'en avale quelques cuillerées, puis me lève et traîne ma chaise jusqu'à la fenêtre. Maddalena débarrasse en disant que je mâche comme une brebis et que ça lui ôte jusqu'à l'envie de cuisiner.

Une équipe de purgeurs est arrivée dans la via Jugoslavia pour contrôler les bouches d'égout. Je les scrute, accoudé au rebord de la fenêtre, fasciné et envieux. Ce travail est mieux que l'usine. On se déplace en groupe dans une camionnette de la mairie, on passe la journée entre camarades et, même si les égouts ne sont pas un paradis terrestre, on voit le ciel, on parle, on rencontre des gens.

Si je n'avais pas eu quinze ans et cet enthousiasme naïf qui me parcourait la colonne vertébrale à l'idée de conquérir un poste grâce aux livres, j'aurais peut-être prêté plus attention aux tourniquets d'Alfa Romeo. Ce ne sont que des grilles de cellule. Ils tournent comme les présentoirs des cartes postales, mais ne sont faits que de barreaux et ne vous laissent pas d'issue.

Ce 8 mai en question, nous étions une dizaine de débutants, tous de mon âge à l'exception d'un certain Goffredo, qui avait dix ans de plus. Je ne me rappelle pas ces visages. J'y pense de temps en temps, mais aucune image ne me vient à l'esprit. J'ai oublié toutes les têtes de l'usine, à l'exception de celle de Sergio. En prison, quand je n'étais pas occupé à me remémorer les choses, je m'employais à les effacer en espérant rendre ma détention plus légère. Sergio était grand, robuste et doté d'une grosse moustache. Il portait invariablement une veste en velours couleur café. Il avait toujours dans sa poche intérieure, roulés, des journaux militants ou des photocopies d'opuscules français qu'il était interdit de distribuer à l'usine. Sergio était tourneur, mais ce n'est pas un fait intéressant car n'importe quelle fonction devenait au fil des ans un automatisme stupide qui transformait le travailleur en surveillant de machines. Le fait intéressant, c'est que Sergio Radaelli, Milanais d'environ cinquante-cinq ans, était un important et courageux syndicaliste. Un de ces hommes qui ont dix paires de couilles. Il avait commencé comme forgeur à l'usine Alfa d'Arese dans les années 1940, et son bagout associé à sa ténacité lui valurent bientôt d'être connu et respecté, y compris de M. Mantovani, qui s'en serait pourtant volontiers débarrassé. Sergio ne se vantait jamais de ses batailles gagnées, il ne disait jamais « moi ». Il se contentait de rappeler avec plaisir qu'il avait obtenu que les forgeurs soient dotés d'un tablier et de gants en cuir. Auparavant, les ouvriers n'avaient d'autre protection que de la toile, aussi se brûlaient-ils tout le temps la poitrine et les mains.

C'est à lui qu'on fut confiés, la première semaine. Tout en expliquant comment contrôler la machine qui produisait les tours parallèles, il me questionnait dans le but de déterminer s'il pouvait m'impliquer dans ses initiatives politiques, ou si j'étais un jaune. Il m'annonça sans tarder que le travail était déqualifiant – il employa ce mot – et qu'il faudrait désormais être derrière les robots jusqu'au jour où ceux-ci nous confineraient définitivement au grenier, comme de vieux jouets.

C'était un grand, Sergio Radaelli. Et pourtant, les premiers temps, je l'évitais et coupais court à la conversation quand il me demandait si tout allait bien. Je pensais que ses idées et sa façon d'agir risquaient de me conduire sur le mauvais chemin et de me fourrer dans le pétrin. J'étais encore à l'essai et je tenais à me montrer sous mon meilleur jour à M. Mantovani, lui prouver qu'il n'avait pas eu tort de m'engager. Je considérais les ouvriers, surtout ceux de mon âge, c'est-à-dire une véritable armée, comme une tentation et la menace de perdre mon emploi, indispensable pour payer le loyer à Mam' Lenuccia, puis acheter cet appartement de la via Jugoslavia. D'autant plus que, c'est bien connu, les usines ont vécu alors une période enflammée. On y trouvait un tas d'enragés de tout acabit et, pendant trois ou quatre ans, on savait comment la journée commençait mais pas comment elle se terminerait. Aussi, dès que je voyais de nouvelles têtes, je passais ma main sale sur mon bleu, la tendais en me présentant et ça s'arrêtait là, je regagnais mon poste à toute allure.

J'étais chargé de contrôler la machine du tour parallèle et de vérifier que le boulon central soit bien vissé, un travail qui m'a fait saillir les veines des poignets tant je les ai fatiguées. Un jour, j'ai même eu une phlébite, la peau de mon bras était devenue bleuâtre, et c'est la seule fois en l'espace de trente-deux ans où j'ai profité de la caisse d'assurance mutuelle avec cinq jours d'arrêt maladie octroyés par le médecin du service, le Dr Pirovano. Aujourd'hui, mon poste n'existe sans doute plus, car la technologie des machines s'est perfectionnée, on se demande comment, et il ne doit même plus être nécessaire de les contrôler. C'était un travail idiot, voilà tout ce qu'il y a à dire. Mme Gabrielli et tous ceux qui n'ont pas trimé à la chaîne ne peuvent pas le comprendre, mais c'est ainsi. C'était un travail idiot, qui rendait idiot celui qui l'accomplissait. Il ne requérait aucune habileté. Ou plutôt ceux qui étaient habiles – les ouvriers qui, contrairement à moi, avaient suivi des cours professionnels de forgeron, soudeur, tourneur – avaient l'impression d'être des crétins finis lorsqu'ils surveillaient un amas de ferraille qui dictait la loi et chronométrait même le temps que vous mettiez pour pisser et vous moucher. Il aurait mieux valu ouvrir une trattoria en bord de mer, comme le disait Maddalena. Il aurait mieux valu ne pas s'en contenter. Tout aurait été différent.

Quoi qu'il en soit, je ne me suis rapproché des autres ouvriers que dans un second temps, quand ma femme et moi avons acheté cet appartement. On payait alors régulièrement les échéances du prêt, elle travaillait comme surveillante à la crèche municipale et son ventre grossissait avec ma petite Elisabetta dedans. Je me sentais plus en sécurité et je participais moi aussi aux initiatives de détente que proposait Alfa – tournois de pétanque, excursions, sorties dans les auberges de Lambrate où l'on chantait et on éclusait du vin rouge. Mais les autres, qui y venaient tous avec leurs femmes, insistaient pour que j'amène la mienne, et la seule idée que Maddalena puisse se retrouver au milieu de tant d'hommes, dont certains de son âge, et être invitée à danser me donnait des sueurs froides. Je cessai donc très vite de me joindre à eux et, un jour où je m'ennuyais plus que d'habitude, je dis à Sergio que je voulais assister aux rencontres qu'il organisait.

« Juste par curiosité. »

Il sourit, agitant sa grosse moustache poivre et sel, et glissa son bras sous le mien.

« Je t'attendais, diable de Sicilien ! » répondit-il, une main sur mon épaule.

Au cours de cette période, j'étais justement tourmenté par un rêve récurrent. Je trime à la chaîne de montage, un jour comme tant d'autres, quand deux ouvriers se présentent. Ils m'avouent que notre travail ne sert pas en réalité à construire des voitures, mais des mines et des armes à feu. Ils prononcent ces mots, puis se volatilisent. Muet devant ma machine, je perds la tête à force de penser : suis-je coupable, moi aussi ? Si je continue de travailler ici, je deviens à mon tour un fabricant d'armes, ou je reste un pauvre diable chargé du tour parallèle ? J'ai fait ce rêve pendant des semaines sans jamais savoir répondre à cette question, pas même à mon réveil.

De toute façon, après deux réunions, je connaissais le prénom et le nom des ouvriers d'Alfa qui étaient syndiqués. Je pris moi aussi la carte. Dans les assemblées, on parlait de sujets qui me sont indifférents aujourd'hui, mais qui me passionnaient à l'époque. Les rencontres avaient lieu au siège de la via Ciro Menotti, à Arese, un petit bâtiment dont les pièces avaient toutes été aménagées en salles de classe. Elles étaient remplies de sièges munis d'une tablette sur laquelle on pouvait écrire confortablement. En entendant les débats sur les zones de salaire, l'échelle mobile et les raisonnements à propos de la nécessité d'une cantine de l'entreprise et d'autres droits garantissant la dignité des ouvriers, je me croyais retourné à l'école. Une école pour hommes adultes, où l'on n'apprenait ni le théorème de Pythagore ni les tables de calcul, mais des idées et des projets permettant de mieux comprendre le fonctionnement du monde. Je me présentai à la deuxième réunion avec un cahier et un stylo bleu, puis je me mis peu à peu à accumuler des notes, à étudier, à photocopier des livres, bref, à me remplir le crâne de toutes ces fadaises qui m'ont toutefois soutenu pendant plusieurs années, m'aidant à supporter un travail de plus en plus détestable à mes yeux. Certains ouvriers de mon atelier m'incitaient à m'inscrire au Parti communiste, à Lotta continua ou à Potere Operaio[1], et me parlaient de leurs meetings, des piquets de grève, des tabassages de masse, de la distribution de tracts. Je répliquais que négocier les horaires de travail et la dotation d'équipements contre les accidents me donnait davantage le sentiment d'être communiste que de comploter pour renverser le système. Et puis, si je m'étais inscrit au parti, Maddalena m'aurait largué car, étant calabraise, elle ne revient jamais sur sa parole.

Combien de temps dura cet enthousiasme ? Deux ? Trois ans ? Puis l'atmosphère se gâta, et les réunions se transformèrent en pétaudière et en concours à qui criait le plus fort dans le micro. Bref, cela devint une bataille de factions, les initiatives furent abandonnées parce qu'il fallait intriguer avec ceux qui faisaient de la politique et en général ne tenaient pas leurs promesses. Ainsi, les pages de mon cahier restaient blanches et, plutôt que d'écouter, je suçais mon stylo. Sans lever la main, sans donner mon avis. Je suis allé via Ciro Menotti pour la dernière fois en 1975. C'était un soir d'hiver et les trottoirs étaient couverts de neige.

1. Lotta continua, formation maoïste dirigée par Adriano Sofri, et Potere Operaio, parti ouvriériste formé par Toni Negri et Oreste Scalzone, naquirent en 1969 d'une scission d'un même mouvement révolutionnaire.

Vingt-quatre

Avec Maddalena, je débordais d'attentions. À chaque jour de paie, je revenais avec un petit cadeau. Une orchidée, un châle, une de nos vieilles photos encadrée. Cependant mon caractère possessif s'accentuait tant que je devais me forcer certains dimanches pour l'emmener dans mes sorties : il me semblait qu'on la dévorait du regard et je me transformais en ogre. À la naissance d'Elisabetta, la peur qu'on s'approche de Maddalena et qu'on lui fasse du mal, ou qu'on en fasse carrément à la petiote, me bouleversait. J'avais l'impression que mon cœur ne pouvait supporter tant d'inquiétude, et serrer dans ma poche le nouveau couteau que j'avais acheté en cachette était le seul moyen, pour moi, de calmer mes palpitations.

« Ça suffit ! Rentrons, tu es insupportable ! » s'écriait Maddalena en se dégageant de mon bras.

D'autres fois, il lui arrivait de me dire : « Et si on appelait Pasquale et Vittoria ? Allez, demande-leur s'ils veulent sortir ou venir manger un gratin de pâtes. » Alors je faisais mon petit numéro, j'entrais dans la cabine téléphonique avec un jeton, feignais d'appeler et parlais dans le combiné. Puis je sortais et déclarais : « Ils sont occupés ce soir. » Ainsi, j'avais tout le temps de tripoter ma chère Maddalena, ou de l'emmener au cinéma voir un de ces films à l'eau de rose qui lui plaisaient, mais à condition qu'elle se place au premier fauteuil de la rangée, afin que personne ne puisse s'asseoir à côté d'elle. En dehors de moi.

Quoi qu'il en soit, j'ai exercé le métier de tourneur jusqu'au jour où le contremaître m'a demandé de passer le permis de conducteur de chariot élévateur en suivant pendant mes heures de travail des cours payés par Alfa. Le vieux Sergio, à qui j'avais confié que je regrettais d'avoir interrompu mes études de bonne heure, me dit alors : « Demande en contrepartie qu'on t'inscrive aux cent cinquante heures permettant d'obtenir le brevet. » Je m'exécutai. Ma demande atteignit les hautes sphères de M. Mantovani, qui m'inséra dans la liste l'année suivante.

Après notre service, on montait dans un car et on allait suivre les cours pendant quatre heures. Assis tout droit à la première table de la rangée centrale, j'étais le plus attentif. Peu m'importait de paraître ridicule aux yeux des autres ouvriers, lesquels, vautrés sur leur chaise, écoutaient d'une oreille, fumaient en classe ou affirmaient que de toute façon nous obtiendrions un 6 « politique[1] ». Je prenais chaque leçon au sérieux et songeais qu'il importait de poser des questions pour tout comprendre car, à la maison, personne ne pouvait m'aider ni tout me répéter. Quant aux professeurs, la plupart n'étaient pas mauvais, certains étaient même bons, mais Dieu a cessé d'envoyer sur Terre des hommes aussi doués que mon ancien maître, il a peut-être même jeté le moule. J'imagine M. Vincenzo Di Cosimo au ciel,

1. 6 est la note minimale, en Italie, pour ne pas être recalé en fin d'année.

enseignant aux anges, ou dans les limbes aux mécréants car il aimait travailler dans les endroits difficiles, et il était persuadé que, là où la misère est le plus grande, l'école est le plus nécessaire. Maintenant qu'il est une âme légère du ciel, Vincenzo Di Cosimo quitte sûrement, le matin, sa place réservée ou son nuage, et s'en va avec sa sacoche en cuir usé leur apprendre des poèmes et leur parler de la propriété privée – laquelle, là-haut, a peut-être été directement abolie par le Chef, qui a toujours voulu les hommes égaux et qui, d'après moi, est lui aussi communiste.

Mes camarades de classe avaient beau me trouver sérieux et un peu bizarre (certains me traitaient de « bûcheur »), on parlait et on plaisantait à bord du bus. Il se produisit même un épisode assez drôle à l'école. Un type sympa, Tonio, s'amusait à affubler tout le monde de surnoms. Un jour, pour une raison que j'ai oubliée, il m'étreignit et fut surpris par ma maigreur. Il me dit exactement ce que m'avaient dit Peppino et les gamins de la via dei Ginepri : « Tu es un vrai sac d'os. » J'en eus presque les larmes aux yeux. J'expliquai en hâte qu'il avait sorti des oubliettes mon vieux surnom et je devins bientôt pour toute l'usine celui que j'étais via dei Ginepri, Ninetto le sac d'os ou, quand on était pressé, juste Sac-d'os.

Les cours d'histoire étaient mes préférés. Désireux d'apprendre les dates, les noms des rois, ministres, batailles, je prenais des notes comme un forcené. Aujourd'hui encore, quand je connais une question ou un sujet, je sens monter en moi une satisfaction ineffable. Tout le monde n'éprouve pas ce sentiment : certaines personnes se moquent bien du savoir et vivent heureuses, avec leurs cervelles d'ignares. Mais moi, je suis curieux, je me mords les doigts quand on parle de sujets que j'ignore et je me réjouis lorsqu'on me pose une question dont je possède la réponse comme un illustre savant.

Chaque fois que je pense à Lisa jolie, j'imagine que je vais la chercher à l'école et qu'elle fait ses devoirs après le goûter. Pendant qu'elle mange des tartines au Nutella, je vais lorgner dans son cahier ce que la maîtresse lui a demandé pour le lendemain et passe la soirée non à cette fenêtre débile, mais sur les livres, afin de me transformer en puits de science. Le lendemain, nous nous mettons à table et je la surprends par mon savoir, un savoir entièrement de mon cru comme dans le cas du jeune Giacomo Leopardi : il étudiait jour et nuit au point de consumer les bouts de chandelle, et ses connaissances ne venaient pas de ses maîtres, qui étaient tout au plus capables de lui laver les pieds quand il avait dix ans.

J'imagine peut-être qu'à travers Lisa je me réconcilierai avec Elisabetta et Paolo. Oui, car si Lisa m'aime, ses parents ne pourront pas vraiment me mépriser.

Vingt-cinq

Un soir, Giuvà nous rendit visite avec sa famille et me proposa d'entrer dans l'entreprise de maçons à tout faire que Giorgio et lui avaient appelée « Double G ». Depuis le début, les affaires marchaient comme sur des roulettes, et ils avaient besoin de personnel. Je passai avec Giuvà, mon « pays », une soirée agréable. On parla de la misère que nous avions laissée derrière nous, de San Cono, désormais si loin, de notre vie actuelle, de l'usine et même de la ruche. Parce que nous avions parcouru ensemble un bout de chemin, la conversation ne languissait jamais, mais Giuvà et moi avions toujours des souvenirs à raconter et des blagues qui tiraient également des rires à nos épouses, à ses deux filles et peut-être à ma chère Elisabetta, fixant de son berceau ses petits yeux béats sur nous, la tête coiffée d'un bonnet. Pour l'entreprise, je répondis que je pouvais trimer le samedi et le dimanche, mais il répliqua qu'il avait besoin de quelqu'un tous les jours, raison pour laquelle il me fallut refuser. Si ce n'est que j'entendis un jour, dans le vestiaire d'Alfa, deux frères qui allaient bosser dans un bar lorsqu'ils quittaient l'usine, grâce à leurs horaires alternés.

Dans ce cas, je ne vais pas m'en priver, pensai-je. J'allai demander à Sergio le nom de l'ouvrier qui, d'après lui, avait le plus besoin d'arrondir son salaire. Il mentionna un certain Gaetano, à l'atelier du vernissage. Aussitôt dit, aussitôt fait. Je le rejoignis pendant la pause déjeuner et, tandis qu'il mordait dans son sandwich, lui exposai l'affaire en détail. Gaetano me répondit qu'il était heureux que j'aie pensé à lui. Il avait un prêt à rembourser et cinq enfants. Je me rappelle encore ses récits sur la misère de la Basilicate et sur la façon dont on vivait près de Matera. C'étaient des sortes de contes tristes, remplis d'animaux las et de grottes, de montagnes et de bandits, de superstitions et de sorcières.

On alla prier le contremaître, Roberto, un Napolitain pur sang, de nous faciliter les choses. Il nous répondit : « Faites ce que vous voulez, bordel, suffit que vous veniez bosser ! » On agença donc savamment nos horaires. Le matin, Gaetano-Alfa Romeo et Ninetto-entreprise, et vice versa l'après-midi. Comme on rénovait des appartements, il y avait toujours des cloisons à monter, des salles de bains à casser, des murs à peindre, du carrelage à poser. Je tenais bien le rythme, même si je me demande aujourd'hui comment j'ai pu mener cette vie pendant trente ans. En prison, un tas de gars m'ont raconté que, pour des travaux moins pénibles, ils sniffaient de la coke et d'autres substances qui permettent de résister sans avoir besoin de repos. Je me suis toujours contenté, pour ma part, de brioches à la confiture et de doubles cafés en dehors des repas. Quelquefois seulement je me suis endormi par terre, dans les appartements vides, et réveillé à cause du froid dans le dos. Quand je trimais pour l'entreprise de Giorgio et Giuvà, je repensais au chantier de Bollate où l'on se parlait d'échafaudage à échafaudage, où l'on sifflait les passants et où l'on se réunissait sur le trottoir à la pause déjeuner pour manger des sandwichs à la poitrine fumée qui vous ressuscitaient. Là-bas, il y avait toujours du ciel, quoique gris et cadavérique, et si mon esprit n'était pas concentré sur ma mère et d'autres histoires mélancoliques, je chantais avec les autres. Lorsque Giorgio et Giuvà m'envoyaient peindre, j'occupais mon temps, debout sur une échelle, à me remémorer Currado et les Abruzzais, des gens exceptionnels et de grande qualité. D'autres fois encore, je me disais qu'avec trois salaires, les deux miens et celui de Maddalena, Elisabetta ne manquerait de rien. Je la voyais déjà femme, titulaire d'une maîtrise et chic, pas simple comme moi. Et je songeais au fils que je désirais et que je voulais appeler Luigi, comme le père de Maddalena qui avait été partisan, alors que mon père, Rosario Giacalone, ne méritait certes pas de statue. Or ce fils n'est jamais arrivé. Après Elisabetta, Maddalena n'est plus tombée enceinte. Nous essayions, réessayions en vain. Je m'étais tellement entêté que je couchais avec elle sans plaisir, et j'éprouvais chaque fois une déception qui me gâchait l'humeur et me donnait l'impression d'être un raté. Quelques années plus tard, je lui ai proposé d'adopter un petiot : l'emprunt était sain et nous avions assez d'argent. Mais Maddalena n'a rien voulu entendre.

« Mes enfants doivent sortir de ce ventre ! s'écriait-elle, en pleurs, les mains sur le ventre en un geste de protection. Laisse-moi tranquille ! hurlait-elle dans la chambre verrouillée. Va-t'en ! »

Moi, je serais bien allé chercher un pauvre petit diable quelque part sur la planète. Peu m'importait qu'il vienne d'un autre ventre et d'une autre semence que la mienne. L'affection et la protection que je lui aurais offertes auraient suffi pour qu'il devienne mon fils. Sans la terre chaude, sans les mains du paysan, sans le soleil, une graine ne signifie rien, les gens devraient le savoir. Un petit nègre aussi m'aurait convenu, même si l'on en rencontrait peu à l'époque. Au jardin public, on en voit certains très dégourdis qui vous donnent envie de courir avec eux derrière les chiens.

Quoi qu'il en soit, je suis resté sans descendance masculine. Elisabetta est enfant unique, comme moi, même si j'ai eu une sœur aînée, Maria, que je n'ai pas connue, car elle est morte à l'âge d'un an. Luigi et elle sont deux êtres qui n'ont pas existé dans ma vie auxquels je pense certains jours et au sujet desquels j'écrirais des poèmes si j'en étais capable. Être enfant unique est une déveine. Il vous manque un mot important du dictionnaire, *frère*. Un mot qui veut dire un tas de choses exceptionnelles, et de fait nombreux sont ceux qui se le sont approprié, non seulement des prêtres et des hommes politiques, auxquels je ne me fie pas, mais aussi des saints comme François d'Assise et des écrivains célèbres. Des gens qui méritent qu'on s'incline et qu'on se découvre devant eux.

Vingt-six

Je sors et passe chez Helin et Mei. Je les gronde car je les trouve amaigris et fatigués, elle en particulier.

« Un de ces jours, je vous inviterai à la maison et vous ferai manger comme il se doit. Ma femme Maddalena prépare une *parmigiana*[1] à s'en lécher les babines. »

Je les salue, bien décidé à aller lire au jardin public, mais je prends une autre direction. Je serre mon livre entre mes doigts ainsi que je serrais autrefois mon couteau dans la poche de mon pantalon. Je traverse le périphérique. Les bruits se noient dans mes oreilles et la circulation évoque le ferraillement de l'usine. Via Lampugnano, via Natta, via Salmoiraghi, piazzale Lotto. Enfin, via Monte Bianco. Une rue peu fréquentée, bordée de bâtiments de trois étages. Elisabetta habite au numéro 28. Je m'apprête à sonner à l'interphone quand, saisi par la peur, je me ravise.

Une petite cour s'ouvre derrière une rangée de haies basses. Il y a là des plates-bandes, une fontaine, deux toboggans. Elle ne doit pas être comme la nôtre, bourrée de trous et de bouches d'égout. Je balaie les environs du regard. Je suis content qu'Elisabetta se soit installée

1. Plat à base d'aubergines, typique du sud de l'Italie.

dans une maison bourgeoise, pas comme nous dans un HLM. Ici Lisa jouera tranquillement, et on peut s'y déplacer sans couteau, me dis-je en hochant la tête.

J'ignore pourquoi je suis arrivé via Monte Bianco. Pas pour épier. Pas pour attendre. Peut-être parce que je ne sais pas où aller maintenant que je n'ai plus personne.

En face de l'immeuble d'Elisabetta se trouve un jardin doté de bancs en pierre et d'un enclos où les chiens ont le droit de courir en liberté. Les pins forment un chapiteau d'ombre. Je m'assieds sur un banc, les bras allongés sur le dossier. Je croise les jambes, regarde les enfants jouer dans la cour et tire de ma poche un nouveau roman, *L'Étranger*. Je l'ai acheté l'autre jour à un kiosque, piazzale Loreto. Je l'ai payé un euro, car le propriétaire m'a dit : « Je me débarrasse de ces derniers livres, puis je change de métier.

— Et votre kiosque ?

— Si vous voulez, je vous le vends. »

Dommage que j'aie si peu d'argent : vendre des livres en plein air et passer la journée à observer le fourmillement de Milan, imaginer la vie de tous ces gens qui filent comme des petites voitures sur une piste ne m'aurait pas déplu.

La lecture me passionne dès la première page et je ne lève la tête que de temps en temps pour jeter un coup d'œil à la porte d'entrée, voir qui entre et qui sort. Je recommence les jours suivants et je vais même jusqu'à décrire à Maddalena cette nouvelle façon d'occuper mon temps. Elle n'émet aucun commentaire. Elle se contente de me regarder de travers, l'air interrogateur.

Sur mon banc, entre deux chapitres, je pense à Elisabetta, mais j'éprouve chaque fois un sentiment de déception. Comme du sable qui vous glisse entre les doigts. Dans mes souvenirs, ma fille passe tout de suite du stade de petiote au stade d'adulte. Au milieu, je ne vois rien. Elle est dans son berceau, elle marche à quatre pattes, balbutie et, en un éclair, la voici femme faite et accomplie, les tétins en avant, le visage angélique et rusé, couvert de taches de rousseur comme celui de sa mère. Je me rappelle les disputes pour des trucs de fille, la permission d'utiliser du rouge à lèvres, les jolies chaussures, l'argent de poche, l'heure de rentrer. Pour le reste, je ne connais de ma fille ni histoires ni détails, ce qui est grave, car j'ai lu dans un livre qu'on ne connaît pas les gens si l'on ne connaît pas les détails, et aussi que la perfection de Dieu se voit aux détails précis que possèdent ses créatures et au soin qu'il y a mis. C'était Maddalena qui la suivait, la corrigeait, l'encourageait. Moi, je n'ai jamais été un point de repère.

Elle avait vingt-six ans. Elle ne me parlait pas des garçons et des amis qu'elle fréquentait, puisque, je le répète, je n'étais personne, seulement la carte la plus faible du paquet : ma voix ne retentissait que pour dire « Merci » et « Je t'en prie » quand on se passait les assiettes et les verres à table. La famille obéissait à d'autres règles qu'aujourd'hui. Aujourd'hui les hommes sont davantage des ménagères que les femmes, ils lavent, cuisinent, repassent les chemises. Mais il y a encore quelques années, lorsque le mari rentrait à la maison le soir, la femme se présentait avec ses pantoufles sur le seuil. Il vous suffisait de faire guili-guili sous le menton cinq minutes aux petiots et vous aviez accompli votre devoir. Quoi qu'il en soit, notre relation était aussi vide qu'une courge et j'en souffrais. Oui, j'en souffrais, même si j'ignorais par quel bout commencer pour démêler l'écheveau. Je n'étais pas capable d'accomplir le premier pas, car je n'avais pris l'initiative qu'une seule fois au cours de mon existence : avec Maddalena, en ce lointain jour du pneu crevé. Mais je trouvais Elisabetta sublime et j'avais envie de lui dire un tas de choses qui restaient au contraire scellées dans ma bouche. Je voulais l'emmener encore à bicyclette, ou en promenade, main dans la main, ou au bar boire du Fanta comme du temps où elle était petiote. Or, ce train était passé, elle n'était plus petiote, nous avions perdu toute familiarité, et la vie la poussait vers l'avant. Elle la poussait très fort alors qu'elle m'immobilisait comme un chien à la chaîne. L'usine, le travail de maçon et la fatigue de plus en plus grande m'amenaient à vivre refermé sur moi-même, m'empêchaient de comprendre ses besoins et de pénétrer son âme. Aussi, ce samedi après-midi-là, quand je suis allé chercher mon vélo et que je l'ai vue dans le couloir sombre et froid de la cave, la tête abandonnée en arrière, serrée contre l'homme grand et robuste qu'est Paolo, je ne sais pas ce qui m'a pris, j'ai eu l'impression qu'il violait, tuait ou déshonorait à jamais ma fille, et pas un instant, pas un seul instant ! je n'ai pensé qu'il s'agissait tout simplement d'amour. J'ai vu la pénombre, la désolation et ce corps d'homme accroché à celui de ma petite Elisabetta, que j'ai reconnue à ses cheveux épars et au chemisier blanc que nous lui avions offert quelques jours plus tôt pour son anniversaire. Et j'ai frappé. Dans l'obscurité trop noire pour mes paupières plissées, j'ai frappé à plusieurs reprises avec le maudit couteau qui reposait dans ma poche avant même que vienne au monde ma petiote grandie trop vite. Il est tombé par terre en vomissant et Elisabetta a crié sans comprendre que son père l'avait frappé. À ma vue, elle a redoublé de cris en s'arrachant les cheveux au-dessus de son Paolo, puis elle s'est évanouie. Je suis resté figé, le couteau souillé à la main.

Je ne me rappelais rien, même si j'ai dû par la suite décrire cent fois en détail la scène aux policiers et aux avocats. Je me rappelle juste l'évanouissement dans le noir. Et je me rappelle aussi que j'étais incapable de prononcer les phrases qui affluaient à mes lèvres : Il ne pourra plus te faire de mal, Je t'avais dit de rester à la maison. C'est M. Marino, du rez-de-chaussée, qui appela du secours en entendant les cris et en voyant ce spectacle.

Entre les opérations et les périodes de convalescence, Paolo a vécu un calvaire, aujourd'hui encore il boite, m'a dit Maddalena. Mais il a survécu et il s'est peu à peu rétabli. Lentement, ils ont retrouvé le bonheur. Ils se sont mariés, ont acheté un appartement spacieux et, il y a cinq ans, ont mis au monde Lisa jolie.

Vingt-sept

Je n'ai même pas attendu l'arrivée de l'ambulance. Je me suis engagé dans l'escalier de la cave et j'ai rejailli en pleine lumière. Elle était perçante, la lumière de cet après-midi-là. M. Marino a posé sur moi un regard méprisant, mais n'a pas osé m'arrêter. Dans la rue, devant l'immeuble, l'air était frais et l'on comprenait que le monde continuait de tourner sans broncher, aussi indifférent qu'une statue. Ou plutôt, ce jour-là plus que les autres, les nuages étaient blancs, le vent effeuillait les platanes décrépits de la via Jugoslavia et l'on voyait des filles rouler à bicyclette dans des robes légères. Rien à dire, ce spectacle était le châtiment que Dieu m'avait réservé pour me donner le sentiment d'être plus indigne que jamais.

D'un pas lent et décidé, je me suis dirigé vers le commissariat de la via Falck. Tout en marchant je n'ai pas cessé de serrer le couteau entre mes doigts. Je sentais le sang qui s'incrustait au bout de mes doigts. Maintenant il ne peut plus te faire de mal. Je t'avais dit de rester à la maison. Voilà ce que je répétais, aussi machinalement que le tour parallèle. Dans la via Fichera j'ai vu une ambulance se frayer un chemin entre les voitures et tourner vers le centre sans s'arrêter au feu rouge. J'ai cherché mes cigarettes dans ma poche. Je n'avais pas de briquet, et je me suis contenté d'en coincer une entre mes dents. Je voulais demander du feu à un passant, mais j'avais perdu la parole. Le silence avait commencé à ériger un rempart surmonté de fil barbelé. Il y a sans doute Elisabetta et Paolo à bord de l'ambulance, l'un mort de sa blessure, l'autre de chagrin. Telles étaient mes pensées, tandis que le bruit des sirènes s'éloignait.

J'ai trouvé une cabine téléphonique : ici, en banlieue, la mairie a oublié de les enlever. À l'intérieur, des tessons de bouteille et une odeur de pisse. Le combiné était lui aussi en piteux état, les fils de cuivre sortaient de la gaine. Pourtant, il fonctionnait. J'ai glissé vingt centimes dans la fente et composé non sans mal mon numéro.

« Allô ? » a demandé une voix qui n'était pas la bonne.

J'ai glissé vingt autres centimes. L'effort que j'accomplissais pour me remémorer le numéro semait sur mon front des gouttes de sueur et me raidissait les mains. Aucune réponse, de l'autre côté. Je pouvais entendre la sonnerie du téléphone sans fil que Maddalena oublie toujours sur le canapé. Un joyeux son de clochettes retentissait dans l'appartement vide, pendant qu'elle descendait les marches, en pantoufles peut-être, serrant la balustrade de ses doigts, incrédule.

J'ai laissé pendre le combiné et j'ai repris mon chemin. J'ai vu venir vers moi une voiture de patrouille qui m'a croisé sans me prêter attention. Sous mes pieds crissaient les bouts de verre que j'avais traînés sur le trottoir.

Au commissariat, les fenêtres étaient ouvertes. Un standard sonnait sans cesse et un type criait des ordres en napolitain. Un carabinier se tenait sur le seuil. Chaque fois qu'il avançait et reculait, la porte automatique de l'entrée s'ouvrait et se refermait. Avant d'éteindre son mégot sur le semblant de verdure qui entoure la caserne, il m'a lancé un regard torve. Grouille-toi, on t'a déjà trop attendu, semblait-il dire.

J'ai accéléré le pas et me suis arrêté devant le portail en fer. Je l'ai secoué pour l'ouvrir, et une empreinte rougeâtre s'est collée aux barreaux. Je sentais moi aussi que je tardais trop. Au bout de quelques minutes, un couple de vieillards a descendu l'escalier, bras dessus, bras dessous. La femme parlait en marmonnant de l'alarme de la maison qui n'avait pas marché. Je suis entré sans attendre qu'ils sortent. J'ai heurté l'épaule de l'homme qui a grommelé en dialecte milanais. Il y avait des gens dans la salle d'attente, et quand je me suis approché de la vitre le carabinier m'a ordonné de patienter. Alors, sans réclamer l'autorisation, je me suis engagé dans le couloir et faufilé dans la première pièce où un homme en uniforme transcrivait des procès-verbaux à l'ordinateur. Il a détourné la tête de l'écran à l'instant où je me suis effondré sur la chaise, pas avant.

« Il faut que vous m'arrêtiez », ai-je dit.

Le bruit des touches s'est interrompu. J'ai brandi le couteau souillé de sang et l'ai posé sur le bureau. La lame a échoué dans une pile de feuilles.

Je n'ai répondu à aucune question, je me suis borné à déclarer que j'avais frappé dans le noir. J'aurais peut-être aimé parler à Maddalena, mais je n'arrivais pas à demander qu'on l'appelle. Plusieurs coups de téléphone se sont ensuivis, d'autres individus se sont présentés et m'ont observé comme une bête de foire. Chacun formulait des questions, et à chacun j'opposais le silence. Puis les menottes se sont refermées sur mes poignets raides.

Les vitres des camionnettes sont obstruées par des grillages noirs qui empêchent de voir à l'extérieur. Je voulais savoir à tout prix par quel trajet on me conduisait à la prison d'Opera. Peu à peu, mes pensées rapetissaient, elles se fixaient sur des détails sans importance. L'avocat commis d'office s'est montré le lendemain. Un gros garçon chauve d'environ trente ans portant des verres de myope qui lui faisaient la tête encore plus ronde. Nous sommes allés dans une salle identique à celle du commissariat, si ce n'est qu'elle était encore plus petite et que l'air conditionné me glaçait le cou. J'ai refusé de répondre aussi à ses questions, pratiquement les mêmes, posées pour tout égard sur un ton plus paisible. Ce juriste de mes deux croyait que c'était une affaire de ton. Quand il s'est enfin levé, je l'ai attrapé par une jambe et obligé à se rasseoir.

« Dites à ma femme que je n'ai pas utilisé le couteau qu'elle m'a fait jeter il y a de nombreuses années.

— C'est tout ? » a-t-il demandé, mais j'avais de nouveau perdu ma voix.

Après cet entretien, on m'a amené à la cellule 44. Je ne sais pas qui se trouvait avec moi ce jour-là, ni combien de gens y ont transité en l'espace de dix ans. Je sais qu'à un moment donné on m'a tendu un briquet et que j'ai fumé tout mon paquet.

Puis Maddalena s'est présentée. De toute l'heure, nous ne nous sommes pas adressé la parole. Elle attendait que je lui explique, et moi que le temps passe. Mais, à la fin, elle a confié au garde une cartouche de cigarettes à me remettre.

« Je ne sais pas quand je reviendrai », a-t-elle dit en se levant. Je ne l'ai pas revue pendant deux ans.

Au bout d'une semaine de jeûne complet, on m'a conduit chez le médecin de la prison, un type aux cheveux gris et aux mains toujours mobiles. J'aurais aimé les lui immobiliser sur la table, ses mains poilues.

« Si vous continuez à refuser toute nourriture, nous serons obligés de vous faire chaque jour une perfusion », a-t-il pontifié du haut de sa blouse.

Le soir, j'ai avalé quelques cuillerées de bouillon. Parfois je mangeais des morceaux de pain sec que je conservais sous mon oreiller.

Personne ne me touchait et personne ne m'adressait la parole. Puis, il m'est devenu impossible de compter les jours. Impossible de déterminer s'il faisait froid ou chaud dehors, si on était lundi ou samedi et, au fil des mois, si c'était le jour ou la nuit, car je restais couché sur le ventre et fumais les yeux fermés. Parfois je pensais à Alfa Romeo. Je m'en étais enfin débarrassé. Je voyais cette usine immense rapetisser. Elle se tenait maintenant sans problème dans le creux de ma main, comme un bibelot de bijouterie.

Cela s'est produit une nuit. Titta est entré d'un pas assuré, il a glissé quelques affaires sous le matelas et a étudié les visages de ses nouveaux colocataires. Après le repas, il s'est assis sur mon lit sans demander la permission. Il a adopté la même position que moi, les genoux entre les bras.

« Fume donc une de celles-ci », m'a-t-il dit en me tendant son paquet de Multifilter. Une proposition qu'il réitérerait chaque fois qu'il me verrait égaré depuis trop de jours dans mon absence.

Quand il a posé une main sur mon épaule, mon corps était une plaque de glace qui se fissure lentement. En pleine nuit, d'une voix que je ne reconnaissais pas, je lui ai tout raconté. Peu avant l'aube, il m'a emmené devant l'ouverture regarder dehors, et, après avoir poussé un long soupir, a déclaré : « La souffrance unit plus que toute autre chose. »

Vingt-huit

Maddalena affirme qu'elle ne me comprend vraiment pas et que j'ai perdu la tête. Je vis désormais sur le banc de la via Monte Bianco. Certains jours, je ne rentre même pas déjeuner. Je mange avec Moustapha, le vendeur ambulant, un morceau de fougasse acheté chez le boulanger ou un de ces sandwichs arabes dont on ne sait pas trop de quoi ils sont garnis et qu'on prépare en découpant des lanières d'agneau sur un tournebroche. Ils ne sont pas mauvais, peut-être un peu difficiles à digérer. L'autre jour nous étions quatre sur le banc car, à force de rencontrer les mêmes gens, des amitiés se nouent. Moustapha s'est présenté avec un Indien dénommé Anish et j'ai appelé quant à moi Ciro, le facteur, dévasté par son récent divorce. Comme il mangeait un quignon de pain sur la mobylette de la Poste, je l'ai invité. Un bavardage fluide, sans trop de familiarité, mais sans hypocrisie. Toujours mieux que de s'abrutir à regarder les pigeons perchés sur les fils électriques, via Jugoslavia.

Je pensais voir défiler, depuis ce banc, plus de gens que de la fenêtre de chez moi. En réalité, ici aussi ce sont les mêmes têtes. Des familles dont j'ignore le nom qui, du lundi au vendredi, mènent la même existence avec les mêmes horaires, qui ouvrent et referment le portail chaque jour de la même manière, certains l'accompagnant, d'autres le claquant. Des chauffeurs de bus ayant le même numéro sur la tête et le même trajet à accomplir. L'agente, aux prises un jour sur deux avec le feu rouge du piazzale Lotto qui se met soudain à clignoter et rend la circulation impossible. Le barman qui passe sommairement une éponge sur les tables : de toute façon, elles sont si proches du trottoir que personne ne s'y installe. Et ainsi de suite. Tous avalés par les quatre rues habituelles et par les trajets habituels. Je ne sais pas ce que sont devenus les gens que je connaissais. Ils ont disparu, comme le vent qui s'échappe du coquillage. La prison a creusé un fossé si profond que seule Maddalena demeure de mon côté. Ou plutôt, non, pas Maddalena. Juste moi.

Quoi qu'il en soit, j'ai terminé *L'Étranger*. Je commencerai peut-être un autre livre, mais je sais que je ne trouverai rien de mieux. Moi aussi, je suis étranger. Rejeté et disqualifié à vie. Moi aussi, je sens que je n'ai pas de motifs et que je ne peux expliquer les seuls possibles que dans une langue incompréhensible aux autres.

Les enfants sont sortis de l'école et, quand ils jouent dans la cour, je les regarde des heures durant. Ils m'aident à mieux imaginer Lisa jolie et à me rappeler un peu ce que j'étais à leur âge, soit tout autre chose.

J'ai vu Elisabetta et Paolo trois fois. C'est vrai, Paolo boite encore. Lorsqu'il s'est approché de la porte, j'ai failli me sauver sous les arcades de l'autre immeuble, là où vont se bécoter les petits couples. Il a encore les cheveux noirs et s'habille toujours avec sérieux. C'est un bel homme. Surtout il est digne de ma fille, parce qu'il l'a tout de suite aimée, malgré les différences sociales et bien qu'elle ait un père criminel, écervelé, qui a failli le tuer. La sacoche en cuir qu'il avait à la main ressemblait à celle de M. Vincenzo, mais elle ne contenait certainement pas de poèmes. Paolo est un homme à calculatrices, un ingénieur. Elisabetta, elle, est en bonne forme, et sans doute est-ce Lisa jolie qui a chassé de ses yeux le mal que je lui ai causé. Les enfants, c'est bien connu, allègent vos fardeaux et vos lourdeurs, ils agissent comme le clou qui chasse l'autre. L'autre soir, elle rentrait d'un pas rapide, un peu essoufflée. C'était peut-être la joie de retrouver sa fille, à moins qu'elle ne fût en retard pour préparer le dîner, ou encore qu'elle n'eût une envie pressante. Pourtant elle n'a toujours pas l'air d'une femme faite et accomplie. Un enfant ne paraît jamais fait et accompli. Quand je l'ai vue trotter, je n'ai pas souhaité me cacher derrière l'arbre, mais j'ai eu du mal à me retenir. Je serrais entre mes doigts le banc de bois comme un gilet de sauvetage.

Maddalena est au désespoir : je ne lui dis rien et je la laisse s'inquiéter toute la journée. Avant, je me tenais immobile tel le lampadaire dans la salle à manger, maintenant je vis comme un bohémien.

La vérité, c'est que les événements qui nous dépassent finissent par nous séparer. L'autre jour, je l'ai vue entrer dans l'immeuble d'Elisabetta et de Paolo. Elle jetait des regards à la ronde comme un moineau dont on a détruit le nid. Elle venait certainement ranger et aider un peu. Par exemple, préparer un gratin de pâtes, pour éviter à Elisabetta de cuisiner le soir et lui permettre de jouer avec Lisa. Si je pouvais entrer en cachette, je me mettrais moi aussi aux fourneaux. Morue aux olives pour tout le monde.

Bref, il ne manque à l'appel que ma petite-fille de cinq ans, laquelle compte peut-être parmi ces petiotes qui jouent devant moi et se précipitent vers leurs grands-parents pour qu'ils les mouchent ou leur donnent de quoi s'acheter un bâtonnet de sorbet coloré. En septembre, Lisa ira en primaire. Elle sera sûrement une élève modèle, comme l'était Elisabetta et comme l'était aussi Paolo. En revanche, l'idée que son autre grand-père aille la chercher à l'école me remplit d'une rage à en serrer les poings. Cet homme-là est beaucoup plus gaga que moi, si ça se trouve il ne regarde pas bien avant de traverser la rue et il ne sait pas la protéger comme il se doit. Il ne faudrait pas la lui confier.

Voilà une autre de ces journées où l'on ne voit personne et où le temps ne passe même pas en plein air. Dès que ma jambe cesse de fourmiller et que le sang se remet à circuler, je m'achemine vers le bar. Au carrefour, j'aperçois le chauffeur du bus 68. Il est descendu lui aussi pour se dégourdir les jambes. Je m'approche et, sans même le saluer, demande : « Pardonne-moi cette question. Pendant que tu conduis, tu arrives à penser à tes problèmes ? »

Il me jette un regard perplexe. De toute évidence, il n'a pas la réplique facile, puisqu'il lâche à grand-peine un « oui » hésitant, accompagné d'un abaissement de lèvres.

Je lui tends la main. « Enchanté. Ninetto.

— C'est un prénom ou un surnom ?

— Un prénom. Mon surnom, c'est Sac-d'os. »

Il rit et me déclare qu'il me va en effet comme un gant. Puis, abattant une main sur sa panse, près des bretelles, il ajoute : « Moi, je suis plutôt un homme terre à terre.

— Mais les pensées qui te viennent à l'esprit quand tu travailles sont de vraies pensées ?

— C'est quoi, une vraie pensée ? »

Je me gratte le nez et réponds : « C'est une pensée qui reste en toi et sur laquelle tu as besoin de revenir, l'esprit reposé.

— Mais non, voyons ! s'exclame-t-il en protestant avec les mains. Mes pensées sont de petites distractions. Rien de plus. »

Savoir que les choses marchent de la même façon pour Pino le chauffeur, que le travail lui éteint cerveau et conscience ne me donne pas le sentiment de « mal partagé, demi-mal », car c'est un proverbe dénué de vérité. Mal partagé, arnaque partagée, un point c'est tout. Au moment de repartir, il m'indique une pâtisserie qui vend à toutes les heures des brioches à la crème toutes fraîches.

« Va donc en manger une, tu es vraiment un sac d'os ! » dit-il tandis qu'il engage la marche. Je le salue d'une main levée et, en le regardant partir, repense à une autre leçon de M. Vincenzo. Un matin, il nous avait parlé d'un Grec dénommé Socrate qui interrogeait les gens afin de comprendre où réside la vérité. Ce Socrate, semble-t-il, préférait la vérité aux jolies femmes. Si j'en étais capable, j'aimerais bien exercer son métier.

Quand l'agente montre son disque vert, je traverse. Elle siffle car je m'immobilise au milieu du carrefour du piazzale Lotto. En effet, j'ai l'impression de voir descendre d'un autre bus Mme Gabrielli qui, comme d'habitude, marche d'un pas nerveux et trébuche partout car elle est un peu débordée, précaire, et vient chaque matin des montagnes de Sondrio. Je bois mon café debout en pensant à Mme Gabrielli, à notre dernière rencontre. Puis je pose les pièces sur le comptoir et rentre chez moi. Auprès de ma chère Maddalena.

Vingt-neuf

Il y a encore quinze jours, quand je décidais de rentrer, Maddalena m'accueillait, les mains sur les hanches, en disant « Tu es venu dormir ? » ou, sur un ton polémique, « Ah, bonsoir ! », et je haussais les épaules sans rien répliquer. Elle a cessé de me lancer ce genre de piques. Elle pense peut-être que je lui mens. Que je vais jouer aux courses de chevaux et perdre le peu d'argent que me verse cette crapule de gouvernement. Le soir, elle pose une assiette sous mon nez et l'enlève quand je n'en veux plus. Il est rare que je termine le repas. Je mâche en ne songeant qu'à allumer une cigarette. Nous nous couchons même à des heures différentes. Elle, toujours ponctuelle, à 22 heures, moi, trois ou quatre heures plus tard car mes insomnies ne s'améliorent pas.

J'ai décidé de déterminer scrupuleusement jusqu'à quel point je m'abrutis. Aujourd'hui je change donc d'emplacement. Je ne me poste plus sur le banc, mais sous l'auvent de l'arrêt de bus. À mon approche, un garçon muni d'écouteurs me cède sa place. C'est la première fois que ça m'arrive.

Je lui demande : « Ça se voit donc tant que je suis vieux ? »

Il lève d'abord les sourcils, parce qu'il ne m'a pas entendu, puis ôte ses écouteurs et dit : « Pardon ?

— Ça se voit donc tant que je suis vieux ?

— Ça se voit que vous êtes plus vieux que moi. » Et il se retourne, me montrant le slip qui dépasse de son jean.

Mme Gabrielli descend du cinquième bus, juste en face de moi. Je l'accueille, mon bonnet à la main. Elle fronce le nez, puis s'exclame : « Monsieur Giacalone ? Que faites-vous à l'arrêt du bus ?

— Et vous, madame ? Vous ne travailliez pas à l'autre bout de la ville ? »

Elle m'explique qu'on l'a chargée d'un remplacement pour l'été dans ce quartier et reprend aussitôt l'histoire de la précarité et du fait qu'elle en a marre de jouer les bouche-trous dans tout Milan. J'aimerais lui offrir un café, mais elle ne me laisse même pas le temps de le lui proposer. Elle me lance : « Allez, ne restez pas planté là, accompagnez-moi ! » Je lui emboîte le pas, comme un toutou.

Me voilà donc obligé de marcher à toute allure et, au bout d'un moment, de retenir mon souffle, car j'ai honte de me montrer fatigué. C'est un vrai moulin à paroles et, tout en la poursuivant, je me dis que, si elle a tant besoin de bavarder, c'est sûrement parce qu'on doit la bâillonner chez elle. Nous arrivons au centre de consultations. Elle cesse enfin de trotter et me regarde droit dans les yeux. Elle relève le poignet de son chemisier et, consultant sa montre, pousse un soupir satisfait : « Nous sommes en avance !

— Évidemment, madame Gabrielli, on a couru comme des marathoniens ! Alors, on le boit, ce café ? »

Elle me conduit à la machine, dans un couloir sordide, en tous points semblable à celui d'un hôpital. Le café est digne de cet endroit, une lavasse aussi amère que le péché. Nous le buvons en silence. Je contemple ses jambes et la jolie jupe à carreaux qui lui descend au genou.

« Eh bien ? Vous ne me dites rien ? Comment vous sentez-vous ? Comment vont vos monologues ?

— Non, je ne fais plus de monologues. Maintenant, je passe mon temps sur un banc en face de l'arrêt du bus, piazzale Lotto.

— Et que faites-vous ?

— Je parle aux passants. »

Ma réponse l'intrigue. Elle me dévisage, l'air incrédule.

Je demande : « Il y a un endroit où fumer ?

— Expliquez-moi cette histoire de banc, réplique-t-elle sans relever ma question.

— Le fait est que non seulement j'aimerais revoir ma fille et demander pardon à son mari, dis-je, les yeux rivés sur mon gobelet. Mais, surtout, je souhaite faire la connaissance de ma petite-fille et lui raconter mon histoire, celle que je me répétais mentalement il y a encore quelque temps. La lui confier, à elle qui est peut-être trop petite pour me haïr. »

Mme Gabrielli continue de me dévisager en observant ce silence bien à elle qui me pousse à continuer, aussi j'ajoute : « Les grands-parents peuvent réparer avec leurs petits-enfants les erreurs qu'ils ont commises avec leurs enfants, n'est-ce pas, madame ? »

Elle soupire une nouvelle fois et pose un doigt sur son menton. Puis elle prend la parole : « Vous avez bien fait de sortir de chez vous, cela me paraît une excellente idée. Je suis contente de vous, monsieur Giacalone. »

À ces mots, je me gonfle d'orgueil. Pas comme un paon : comme une montgolfière, vraiment.

« Mais vous devez maintenant accomplir un dernier effort, sinon vous perdrez toutes les avancées que vous avez accomplies. Et puis, pardonnez-moi, mais votre femme en a certainement assez d'avoir un mari muet et maintenant vagabond, vous ne trouvez pas ? »

J'acquiesce.

« Rassemblez votre courage, allez demander pardon. Ce seront vos enfants qui décideront comment se conduire à l'avenir et vous retrouverez enfin votre liberté, vous cesserez de vous torturer et de regarder à travers les vitres ce à quoi on ne peut plus remédier. » Puis elle jette à la poubelle nos gobelets en plastique.

Je l'écoute, fasciné. Mais, après m'avoir fourni sa recette, Mme Gabrielli affiche son sourire digne d'une remise d'Oscar et me prie de l'accompagner dans son cabinet. Les trois types qui patientent déjà devant la porte me lancent un regard torve. À l'intérieur, elle enfile sa blouse sans la boutonner. Puis elle poursuit : « Dites-moi une dernière chose, monsieur Giacalone. Comment se fait-il que vous n'ayez jamais voulu parler de la prison au cours de nos séances ? Au fond, elles devaient porter sur vos années de détention et sur vos perspectives d'avenir. Vous vous conduisez comme un vieillard, alors que vous n'en êtes pas un. Vos chances de vivre encore un bon bout de temps sont même très élevées. »

Je baisse la tête. Quand je parviens à articuler, c'est avec un filet de voix, comme une rigole étranglée.

« Au fond de soi, madame, on n'est pas un homme, mais un reste de soi qui doit survivre. La prison éteint votre conscience, vous donne envie d'être le plus haïssable possible.

— En parler vous ferait peut-être du bien. »

Je secoue la tête en signe de dénégation. Pourtant, j'aimerais peut-être dire oui.

Insistante, elle me demande si j'ai au moins réfléchi correctement à mes années de prison, et je réitère mon signe. Elle me dévisage avec son expression magnifique, mais, alors que je savoure son visage d'ange sous forme humaine, une femme, moche de surcroît, entre dans la pièce et déclare que les patients attendent depuis un certain temps.

Nous nous saluons une dernière fois d'une poignée de main rapide. Pointant son doigt sur moi, elle me jette sur un ton menaçant : « Je ne veux plus vous voir sur ce banc, vous avez compris, monsieur Giacalone ? Sinon je téléphonerai à la police municipale pour signaler une occupation de la voie publique ! » Elle rit, renversant un peu la tête. Je lui réponds qu'une psychologue aussi douée qu'elle ne devrait pour rien au monde être remplaçante, que si elle lance une pétition mon nom sera le premier sur la liste et que je ferai même signer mes nouveaux amis.

Je sors par ce couloir et retourne au banc de la via Monte Bianco. Je me poste là jusqu'au soir sans lire une seule page, sans suivre du regard une seule personne ou un nuage. Tout ce temps-là, une unique pensée occupe mon esprit : si le visage de Mme Gabrielli est si beau, celui de Dieu est sûrement fabuleux et il saura insinuer la paix dans mon cœur.

J'attends bien sagement Elisabetta et Paolo. On est vendredi, et le vendredi, je le sais, ils rentrent vers 19 h 30. Ces heures sont longues et pleines d'angoisse. Vers 18 heures, Moustapha se présente, mais je lui dis que je préfère rester seul, que je lui expliquerai un jour pourquoi.

À leur arrivée, je sens mon corps se glacer. Soudain s'abattent devant mes yeux les images de mes journées en prison, endormi sur ma vie, refusant de lire et de sortir à l'heure de la promenade, de fréquenter les cours et même de regarder à travers l'ouverture. La tête sur l'oreiller et les jambes paralysées. Malheureux de survivre.

Je suis incapable de fuir ou d'aller à la rencontre de ma fille. Je me recroqueville sur mon coin de banc, je me fais tout petit, comme dans le train du soleil. Je garde la tête basse et, dans l'obscurité de mes yeux, apparaît mystérieusement le visage de ma chère Maddalena quand elle me rendait visite en prison et m'encourageait sans qu'une larme sillonne jamais ses joues. J'ignore combien de temps s'écoule de la sorte, puis je relève la tête et les voici devant moi, j'ai du mal à déterminer si mon cerveau est en panne ou s'ils sont vraiment là en chair et en os.

« Maman m'a dit que tu passes ton temps ici. Tu nous espionnes ? interroge Elisabetta avec une grande sévérité.

— C'est pour vous revoir », dis-je d'une voix qui se glace dans ma gorge.

Je suis parcouru de frissons identiques à ceux qui me transperçaient les os en prison, quand je n'arrivais pas à m'endormir, que c'était l'hiver dehors, que les bruits des grilles et des pas lourds des surveillants retentissaient dans les couloirs et que j'avais l'impression de perdre la raison. Ma fille et son mari restent immobiles. Je crois qu'ils observent avec dégoût ma tête à moitié chauve penchée sur mes pieds. Je ne sais où je trouve la force de me lever, peut-être est-ce toujours la grande main invisible de Dieu. Ils reculent, comme si je pointais mon couteau sur eux.

« Laissez-moi voir Lisa, s'il vous plaît. »

Voilà tout ce que je parviens à articuler. Je sens autour du cou une corde qui m'empêche de respirer. Paolo me dévisage sans un mot, Elisabetta ne me regarde même pas. Sans dire ni papa ni Ninetto, elle glisse le bras sous celui de son mari et se dirige avec lui vers l'immeuble. Je les suis des yeux et, quand la porte claque, je pars en traînant les pieds.

De l'autre côté de la rue, appuyé contre le mur, se tient encore Moustapha, le visage triste, comme chaque fois que la fin de journée se présente et qu'il n'a réussi à vendre ni un paquet de mouchoirs en papier ni un briquet. Je lève la main en guise de salut et me rends sous l'auvent pour attendre le bus qui n'arrive jamais.

Lorsque je descends, via Jugoslavia, le soleil est rouge, couché derrière l'immeuble en construction. Il y a dans la rue deux gamins qui tapent dans un ballon et l'habituel monsieur avec son chien. Je ne prends pas l'ascenseur, je monte à pied et, une fois sur le palier, m'aperçois que j'ai forcé sur mon cœur.

Maddalena est à la salle à manger. Elle tranche des aubergines. Elle s'abstient de lever la tête au moment où je referme la porte. J'ôte ma veste, mon foulard et lui adresse un geste du menton. Elle continue. Indifférente. Je répète ce salut à voix haute. Pas de réponse. Alors je vais à la cuisine, bois un verre d'eau et prends dans le tiroir le couteau à découper. Je déboutonne ma chemise et appuie la lame contre ma poitrine. Je me laisse pénétrer par le froid de l'acier. Lentement, mon cœur se calme.

« Il suffit de presser, dis-je, les yeux clos. Il suffit de presser. »

Puis la voix de Maddalena brise le silence. Ainsi qu'un ballon brise une vitre.

« Viens m'aider. »

Le couteau m'échappe des mains. Il tombe sur le tapis dans un bruit sourd.

« Allez, viens m'aider », répète-t-elle.

Je le contemple, comme s'il était ensanglanté. Puis, sans le ramasser, je passe dans l'autre pièce. Je traîne la chaise qui était sous la fenêtre et la place à côté d'elle.

Trente

Je ne suis plus retourné sur le banc de la via Monte Bianco. Moustapha, Anish, Pino et Ciro s'ajoutent à la liste des gens que je n'ai plus revus.

Pour me faire pardonner, j'ai proposé à Maddalena de rendre visite à sa sœur à Sirmione et un jour je lui ai même apporté une corbeille de mimosas, ses fleurs préférées. Elle les a placés sur le napperon et ils embaument toute la salle à manger. Au cours du voyage en train, je lui ai raconté qu'avec Elisabetta et Paolo les mots mouraient sur mes lèvres. Des images cauchemardesques m'apparaissaient et des gouttes de sueur dévalaient mon dos comme autant d'insectes.

« Il n'est pas facile de demander pardon », ai-je affirmé.

Elle a répondu par un haussement d'épaules et murmuré en refermant son magazine : « On ne peut pas demander pardon de certaines erreurs. »

Les maçons ont achevé la construction de l'immeuble d'en face. Certains acheteurs s'arrêtent en voiture pour contempler l'œuvre accomplie. Ils rêvent déjà à leur vie dans leur nouvel appartement, oubliant un moment que la vie est identique partout. Même emmerdement. Un pas en avant et deux en arrière, telle est la vie, exactement comme le disait mon père Rosario, ce pauvre type.

Ces derniers temps, je me consacre à Maddalena, qui me demande de cuisiner avec elle. La kitchenette vaut bien mieux que la cuisine séparée, et de loin ! Je l'ai méprisée pendant de nombreuses années, or c'est un avantage. Elle nous oblige à nous heurter sans cesse pendant que nous nous affairons et cela améliore mon humeur. En prison, je n'ai eu aucun contact physique, juste la main de Maddalena sous la vitre.

Le dimanche, nous allons nous promener et nous sommes même descendus de temps en temps manger une glace chez Helin et Mei. Maddalena m'a promis que nous les inviterons à déjeuner la semaine prochaine et qu'elle préparera une *parmigiana*. Je ne songe plus à chercher du travail. C'est ainsi.

Pour tuer le temps, j'ai effectué des petits travaux dans la maison. J'ai mis une bande de caoutchouc sous la porte pour empêcher l'air de passer, car Maddalena, qui marche pieds nus, avait toujours froid aux pieds, y compris à la belle saison. J'ai réglé l'écran du téléviseur qui papillotait et j'ai même repeint la salle de bains. En bleu, comme le cabinet de Mme Gabrielli. La semaine prochaine, je me déciderai peut-être à poncer le parquet. Il se peut que j'arrive enfin à atteindre le soir fatigué et à dormir plusieurs heures d'affilée.

Un jour, Maddalena m'a appelé, tout alarmée, tandis que j'observais les passants à la fenêtre, les mains jointes comme les bonnes sœurs.

« Ninè, viens vite, dépêche-toi, écoute ! » s'est-elle écriée.

Le chant sourd d'un oiseau prisonnier des tuyaux retentissait dans le conduit de cheminée. Maddalena m'a tellement harcelé que j'ai dû le démonter et en tirer l'oiseau à la main. C'était un stupide pigeon, noir de poussière comme un ramoneur. Quand je resserrais mes mains sur lui, son souffle lui gonflait le cou. J'ai attendu que son cœur se calme pour ouvrir la fenêtre, mais il ne voulait pas bouger. Il m'a fallu le chasser.

« Il était peut-être mieux en prison », ai-je dit à Maddalena en le regardant s'envoler comme un dindon.

De temps en temps, je lis un roman de la nouvelle collection qui paraît le jeudi avec le journal, « Le meilleur de notre littérature ». Mais j'ai déjà trouvé mon écrivain préféré, c'est ce M. Camus, auteur de *L'Étranger*. J'ai lu qu'il est mort dans un accident de la route, le pauvre, sinon je me serais bien vu aller manger une bricole et fumer sur un banc avec lui, puisque la photo le montre une cigarette pendue aux lèvres. Je lui aurais demandé comment il s'y est pris pour réunir autant de mots intelligents qui pincent les cordes de l'âme d'une main de guitariste habile. Comment il s'y est pris pour raconter mon histoire en racontant la sienne.

Maintenant je lis aussi le soir. Maddalena ne me reproche plus de laisser la lampe de chevet allumée jusque tard dans la nuit. En effet, j'ai acheté dans une droguerie une lampe de pompier qui se fixe avec un élastique autour de la tête. J'y ai mis une ampoule à bas voltage et cela me permet de poursuivre ma lecture sans l'empêcher de dormir. Quand je me suis présenté sous les draps avec ce truc, nous avons ri un bon moment.

Mais ce qu'il y a de vraiment nouveau, c'est le vélo. Désormais je l'utilise tous les jours : le médecin m'a vivement conseillé de faire de l'exercice. Surtout, je l'ai ressorti pour être prêt le jour où j'effectuerai cette fameuse promenade avec Lisa jolie sur la petite selle que j'ai achetée et montée. Ce ne sont pas ces vingt euros qui nous ruineront. Je sais qu'Elisabetta et Paolo ne me l'amèneront pas, mais, même quand nous avons la lame du couteau sur le cœur nous ne pouvons pas nous empêcher d'espérer que cette putain de vie s'améliore, que le pardon descende sur toutes les misères que nous avons causées.

Ainsi, j'ai beau ne plus y croire, j'espère. Et j'ai beau être las de vivre, je vis. Et je pédale. Tout doucement. J'erre dans ce Milan que je ne reconnais presque plus et qui n'a pas grand-chose à voir avec les lieux que je fréquentais. Avec les visages gravés dans mon esprit. Lorsque je roule, je dois avoir l'air d'un chasseur de pépites, car je vais me fourrer dans des ruelles et des coins qu'on ne déniche pas facilement et qui n'ont peut-être une signification que pour moi. Des rues inutiles et anonymes, comme elles l'étaient déjà à mon époque. Et comme elles l'ont peut-être toujours été. Certaines naissent rues principales, d'autres impasses. La loi des minables et de ceux qui n'ont aucune valeur pour l'univers entier ne vaut pas seulement pour les hommes.

J'ai cherché le coin où j'avais été avec la putain et puis la vieille auberge de Lambrate que je fréquentais avec les gars d'Alfa, seul crétin à boire de la limonade. Et d'autres endroits encore. Le premier appartement d'Elisabetta, l'hôpital où Maddalena a accouché, la gare centrale qui regorge à présent de magasins, le bureau de tabac de Gigio, l'épicerie de Mme Mariella. Mais presque tout a changé et ce qui survit me paraît étranger.

Un jour, je suis également passé devant la prison. Je l'ai contemplée, bouche bée. Je me suis demandé qui était le plus affreux et le plus stupide des deux, elle ou moi qui y ai échoué. J'ai cherché l'ouverture de ma cellule, mais ma vue se brouillait. Je ne savais que penser, que me remémorer, alors j'ai dit une prière pour ceux qui y étaient encore enfermés. Une prière avec mes mots à moi, pas une de celles que les prêtres confectionnent ou qu'on enseigne aux petiots au catéchisme. À mon avis, chacun doit mettre ses propres mots dans ses prières, sinon elles se transforment en rengaines. J'aurais aimé avoir à mes côtés Mme Gabrielli pendant que je regardais la prison, accoudé au guidon. S'il y avait eu aussi M. Vincenzo, je crois que j'aurais trouvé le courage et que j'aurais enfin raconté mes années de détention.

Maddalena m'a appris qu'Elisabetta et Paolo ne partiront pas en vacances. La société de Paolo se porte mal. On a réduit le personnel et demandé à ceux qui n'ont pas été licenciés de renoncer à leurs congés. Les temps sont très durs. Désormais on n'a plus la certitude de chasser la misère comme une mouche lorsqu'on se retrousse les manches. Les visages qu'on croise dans la rue sont défaits et résignés. Le vieux Sergio avait raison : la rébellion est un métier de vocation, elle ne convient qu'à de rares individus. La plupart des gens ne savent que se défausser, faire semblant de s'indigner et de se plaindre, mais si vous leur laissez assez d'argent pour s'acheter une belle voiture et dîner le samedi soir à la pizzeria, ils auront toujours tendance à voter pour le meilleur démarcheur, à ne pas voir plus loin que le bout de leur nez, à ne pas ouvrir leur porte à ceux qui y frappent. Chiens féroces et hautes grilles, comme dans l'histoire de la propriété privée.

L'autre jour, j'ai déniché dans une vieille boîte les notes des cours de politique que tenaient les grosses têtes à la section du syndicat. Elles sont devenues jaunâtres, comme du papyrus. J'ai totalement oublié ce que j'avais écrit au stylo bleu. Je ne me rappelle pas un seul mot, pas un seul nom. Cela prouve bien que ce n'était que du vent : les poèmes de Pascoli que M. Vincenzo m'a enseignés sont gravés au fer rouge dans ma tête et ils n'en partiront jamais. Il y avait aussi les cartes postales de mon père, plus télégraphiques qu'un télégramme. L'une d'elles représentait l'Etna, avec des petits tas de maisons accrochés aux pentes. « Ninuzzo, travaille avec discernement et force-toi à manger, salut, papa. P.S. Le chat s'est sauvé sur les toits. Tant mieux, un souci en moins », voilà ce qui était écrit derrière.

Dans cette boîte, j'ai également trouvé le journal que Vincenzo Di Cosimo m'avait offert en 1959. Je l'ai feuilleté d'avant en arrière et je suis incapable de dire ce que j'ai éprouvé. Incapable avec les mots que je connais. Maddalena était sortie, alors je me suis mis à la table, mes lunettes à dix-neuf euros achetées en pharmacie sur le nez, j'ai pris ce vieux journal et j'ai essayé d'écrire. J'ai aussi pensé à M. Camus, mais ça n'a pas suffi. On n'emprunte pas l'inspiration. Ou on l'a en soi, ou l'on s'arrange et change de métier. Au bout de plusieurs heures passées à sucer mon crayon, la page était encore toute blanche. Pendant ce temps, le soleil s'était déplacé, il ne tapait plus sur la fenêtre. Soudain, ma main a bougé, un peu tremblante mais leste. « Excusez-moi, maître, de ne pas avoir été capable. » Abasourdi, bouche bée, j'ai contemplé ces mots comme si c'étaient des taches de sang. D'autres heures se sont écoulées, et à un moment donné il pleuvait malgré le soleil. Le ciel est devenu violet. Je suis allé à la fenêtre et, accoudé au rebord, j'ai contemplé la via Jugoslavia. À force de regarder le nouvel immeuble, en face, j'ai repensé à Peppino, mon meilleur copain de la via dei Ginepri, qui vit en Allemagne et qui doit avoir je ne sais quelle tête. Il était si pauvre que, lorsqu'il avait un bout de pain, il le trempait dans l'eau pour en faire une soupe. Quand son frère aîné lui en demandait un peu, il le chassait à coups de pied, mais si c'était sa sœurette il ne refusait pas, il la laissait plonger les doigts dans sa gamelle. Ce n'est qu'un fait minuscule, je le sais, mais je ne l'ai pas mentionné dans mon récit et, si j'apprends un jour à tenir un journal, je partirai de là. De cet épisode vraiment vrai, qui s'est déroulé il y a juste une poignée d'années.

Trente et un

Au lieu de ça, ils sont passés. Hier. Une journée très chaude, où les rues étaient désertes. Les marionnettes de la télévision ont beau dire que la crise sévit et que les gens ne partent pas en vacances, il n'y avait pas âme qui vive. À l'exception des nouveaux et anciens immigrés. Il faut être fort pour y comprendre quelque chose. J'étais en train de lire le journal que j'achète le jeudi pour le livre. Ils ont sonné directement sur le palier car le concierge s'en fout, il laisse toujours la porte d'entrée ouverte. J'ignore pourquoi nous le payons.

Accrochée aux jupes de sa mère, Lisa n'a pas daigné m'accorder un regard. Mais quand mamie Maddalena l'a prise dans ses bras et lui a chatouillé les côtes, elle lui a aussitôt jeté les bras au cou et a oublié ses parents, debout devant moi. Je leur ai proposé un café ou une autre boisson tout en tirant les chaises de sous la table pour les inviter à s'asseoir et en posant au milieu la coupe contenant des kiwis et des chocolats fantaisie..

« Nous allons nous baigner au lac, a dit Elisabetta qui a écarté la chaise.

— Ce n'est pas aussi agréable que la mer, mais c'est toujours de l'eau, ai-je répondu pour entamer la conversation. Ça vaut mieux que de rester chez soi. Même si les choses ont changé depuis mon époque, où Milan se transformait en fantôme. Maintenant il y a des initiatives et des festivals tous les jours, même ici dans le quartier on mettra une piscine gonflable… »

Ils n'écoutaient même pas, ils me regardaient comme un bibelot qu'il est temps de jeter. J'ai marmonné que nous étions allés nous aussi au lac récemment et que cela nous avait plu.

« Somme toute, je commence à apprécier la truite et le brochet », ai-je conclu sans hésiter à mentir : non seulement ces poissons ne me plaisent pas, mais ils me dégoûtent.

Ils ont de nouveau ouvert la bouche pour annoncer qu'ils rentreraient dans la soirée.

« Tu t'occupes de Lisa, maman ? » a interrogé Elisabetta, comme si j'étais le porte-parapluies, et non son père.

Distraite par les jeux de sa petite-fille, Maddalena a répondu d'un signe de la tête, et ils sont sortis en disant salut. C'était déjà beaucoup.

J'ai écouté les petits cris joyeux qui s'élevaient de la chambre sans avoir le courage de m'y rendre : je les aurais interrompus, étant donné que je ne suis pour Lisa qu'un visage inconnu, laid et pelé. Ne sachant que faire, je me suis rasé une seconde fois et me suis bien habillé avec ma chemise bleue. Mes quelques cheveux étaient tout affolés, aussi je les ai ramenés en arrière à l'aide de mon peigne en écaille et les ai fixés avec un peu de laque. J'ai même étalé une goutte d'after-shave sous mon menton et derrière mes oreilles. Puis je suis retourné sur le canapé en attendant leur arrivée.

Maddalena m'a aidé à me lier d'amitié avec Lisa, elle lui a répété que j'étais papy Ninetto, et quelques minutes plus tard nous manions déjà les pastels tous les trois, assis à la table. J'ai dessiné une vache, pour éviter de réclamer trop de couleurs : juste une, le noir, car les vaches sont blanches comme les feuilles de papier. Puis Maddalena est allée préparer de l'épeautre à la cuisine, et je suis resté en tête à tête avec Lisa qui a voulu savoir si j'acceptais de dessiner par terre. Couché sur le tapis, tout en colorant les taches de la vache et en répétant les cris des animaux, j'étudiais le visage de Lisa jolie pour voir si cette petite toupie me ressemblait ne serait-ce que vaguement. Elle a les cheveux bouclés, les yeux immobiles, la peau couleur perle. Ses doigts sont longs, signe qu'elle sera élancée comme son père. Son sourire privé de la dent du milieu lui donne davantage un air de tombeuse. Nous avons dessiné pendant une bonne heure, j'étais tellement en paix et je me sentais tellement libéré de mes soucis que je n'arrivais pas à croire que j'avais été en prison. J'ai dessiné six vaches en meuglant à souhait. Après les dessins, j'ai rempli une cuvette d'eau et demandé à Lisa si elle savait jouer aux canotiers. Elle a répondu par la négative, alors j'ai pris deux noix, je les ai ouvertes et j'ai transformé les coquilles en petits bateaux que nous avons fait avancer en soufflant dessus. Pour la deuxième course, nous avons utilisé des bouchons en liège et, tandis que je soufflais doucement pour la laisser gagner, je me suis rappelé les courses de canotiers avec Peppino et toute la bande de marmots de San Cono. Le cul sur les talons pendant des heures à nous époumoner.

J'ai attendu le bon moment, qui est arrivé quand elle s'est lassée de souffler et a déclaré qu'elle avait chaud. Alors, sans avertir Maddalena, j'ai chuchoté : « Lisa, tu aimerais faire un tour sur le vélo de papy ? »

Elle a dit oui, mais elle voulait d'abord boire un jus de fruits. Maddalena était alors aux toilettes, aussi je suis allé à la cuisine, ai pris dans le tiroir un petit couteau en céramique, l'ai enveloppé dans un linge et l'ai glissé dans ma poche, puis je suis sorti avec ma petite-fille, filant en silence et refermant tout doucement la porte. Nous sommes entrés dans le bar de Helin et de Mei, et je l'ai juchée sur le comptoir pour les lui présenter, même si elle ne semblait guère intéressée. Mais elle a bu son jus de fruits avec plaisir et déclaré qu'il était bon avant de le confirmer par un énorme rot.

J'ai tiré mon vélo de la cave et nous sommes partis en toute hâte. J'ai roulé autour de la rue, d'avant en arrière, d'arrière en avant, puis je me suis dirigé vers le parc. Mais Lisa n'avait pas envie de s'arrêter, elle voulait encore se promener, béate, le visage au soleil. De temps en temps, elle abattait une main sur mon côté pour me dire d'actionner la sonnette et éclatait de rire à chaque dring-dring. J'ai donc continué de pédaler. Je lui ai demandé comment ça allait à l'école maternelle et si ça lui plaisait. Pour me montrer qu'elle est bonne élève, elle a chanté une chansonnette. Alors, de joie, j'ai cessé de me concentrer sur notre chemin. Je pédalais au hasard et, tandis qu'elle répétait certaines comptines spectaculaires, je respirais profondément et pensais Voilà ce qu'elle tient de moi : les poèmes. Beaucoup mieux que le nez, la bouche ou d'autres détails peu importants.

À force de pédaler, j'ai échoué dans un enchevêtrement de ruelles noyées dans un vent de sirocco. C'est alors que la ruche est apparue. Viale del Ghisallo, via Mambretti, Roserio et puis la ruche. Le vent soulevait çà et là des souffles de poussière sèche qui me raclaient la gorge.

« Papy, mais où on est ? Comment s'appelle cet endroit ? a interrogé Lisa sans cesser de chantonner.

— La ruche, c'est son nom.

— Et il y a des abeilles ?

— Non, pas d'abeilles.

— Qui habite ici ?

— Je t'ai emmenée voir où je vivais quand je suis arrivé à Milan en venant de Sicile. J'avais neuf ans. »

Après que nous sommes descendus du vélo, elle m'a donné la main et s'est serrée contre moi, puis nous avons traversé la rue en regardant bien de chaque côté. Je lui ai montré la façade écaillée, croulante, de la ruche et l'ai conduite dans la cour, où se tenait un groupe de nègres aux têtes de criminels ou peut-être de pauvres diables. J'ai expliqué à Lisa que ces gens-là n'habitaient pas ici avant, que c'était nous les immigrants, les sujets de moqueries, qu'on nous surnommait bouseux du Sud, voleurs de pain, Napolos, morts-de-faim et autres termes agressifs. Les yeux écarquillés, elle observait ces individus négligés au regard perçant. Plusieurs prostituées faisaient le tapin sur le trottoir, certaines l'air affligé, d'autres l'air carnassier. Pour sûr, ces êtres crasseux effrayaient Lisa, mais cela me réjouissait car, sous l'effet de la crainte, elle m'appelait papy à tout bout de champ, me pressait les doigts, et sa menotte transmettait à mon corps une chaleur que je n'avais pas éprouvée depuis des dizaines d'années, une chaleur qui me donnait l'impression d'être aussi fort qu'à l'époque où je tenais ma fille par la main. Nous sommes entrés et je lui ai annoncé que je l'emmenais dans mon ancien appartement, au sixième étage, d'où l'on voyait une cheminée d'usine qui ne cessait de souffler. Nous avons gravi les marches fétides de l'escalier, entre les coins souillés d'eau stagnante et les murs couverts de taches d'humidité. Des cris de dispute prononcés dans une langue incompréhensible s'élevaient de je ne sais où.

Il y avait des serpillières et des seaux renversés. Des blattes et du verre en miettes. Des vêtements pendus aux balustrades qui sentaient la terre et le goudron. D'une porte est sorti un gros Arabe barbu au visage furieux, plusieurs chaînes autour du cou. De peur, Lisa m'a serré le bras de ses deux mains. Je lui ai caressé les cheveux pour qu'elle ne pleure pas et lui ai dit de jeter un coup d'œil à cet appartement minuscule. Le gros type m'a poussé pour passer et j'ai failli perdre l'équilibre, dégringoler dans l'escalier. La petiote poussait des gémissements de dégoût et avait du mal à retenir ses larmes. En redescendant je lui ai raconté que j'avais dormi d'innombrables nuits tête-bêche avec un autre dans des draps sales et sur des matelas pourris, je lui ai parlé aussi des maudits anchois qui me donnaient la bouche pâteuse.

« Ici, rien n'a changé. Ou plutôt, c'est encore plus moche qu'avant car certains endroits vieillissent sur eux-mêmes. Ce sont toujours les derniers des derniers qui y passent, et ces lieux les accueillent, ignobles mais ouverts, laids mais généreux. Aussi bons que des sœurs missionnaires. Ce sont peut-être eux, la vraie maison de Dieu, et non le Vatican, ou les autres églises pleines d'or, de stucs vénitiens et de tapisseries », lui ai-je dit, persuadé qu'elle me comprenait.

Quand nous sommes ressortis, son visage a repris des couleurs. Elle pensait sûrement que j'en avais terminé, mais je l'ai traînée jusqu'aux grilles de la cheminée fumante et, les doigts en pince à linge sur le nez, j'ai lancé pour rire : « Depuis que je suis parti, ce tuyau énorme n'a pas cessé une seconde d'enfumer le ciel et d'empuantir l'air. » Elle répétait « berk berk », comme moi lorsque Giuvà, mon « pays », m'avait fait boire du vin à sa gourde. Je lui ai ensuite décrit mon travail de garçon de courses, mes logements successifs et lui ai confié que je regrettais d'avoir interrompu mes études.

« Rends-toi compte, quand j'habitais ici, je n'avais que neuf ans. J'étais un sacré petiot ! »

Alors elle a posé sur moi un regard soupçonneux et elle s'est exclamée « Mais non, papy ! » en comptant sur ses doigts et en éclatant de rire. « À neuf ans, on est déjà grand ! Moi, j'en ai cinq. Neuf, c'est beaucoup plus ! » a-t-elle expliqué, les doigts écartés pour recompter.

Sur le trottoir, près du feu, elle a voulu savoir si les autres logements où j'avais vécu étaient situés dans les parages et s'ils étaient aussi affreux. Je lui ai répondu que seule la ruche avait survécu : les baraques, les auberges et même les usines qui se pressaient dans ce quartier s'étaient toutes volatilisées, à l'exception de la cheminée.

« Tout a disparu je ne sais où. »

Pendant que j'ôtais l'antivol du vélo, Lisa a regardé un groupe de sales types qui fumaient en cercle et s'adressaient des gestes étranges. D'autres, qui nous croisaient, semblaient me demander du regard pourquoi j'avais emmené cette petite poupée se promener dans ce quartier de merde. Sous un soleil féroce, dans les rues désertes. J'essayais d'expliquer que, pour être bien racontée, une histoire a besoin de son décor et que tels sont les gens qui habitent le monde, il est inutile de s'en détourner ou de faire la fine bouche : de toute façon, dans la vie, on ne peut pas toujours se détourner et faire la fine bouche, mieux vaut se cogner le nez immédiatement à ce que nous sommes.

Nous avons regagné la maison avec un pot de glace à quatre parfums. Nous en avons choisi deux chacun, Lisa schtroumpf et fraise, moi chocolat noir et crème.

À notre arrivée, Maddalena m'a arraché sa petite-fille en me foudroyant du regard, comme si je la lui avais volée. Hors d'haleine, elle a voulu savoir si elle allait bien et ce que je lui avais fait, puis elle l'a changée parce qu'elle était en nage et que les mauvaises odeurs de la ruche, de la cheminée et des pauvres types crasseux et louches, comme tous les pauvres types, s'étaient collées à ses vêtements. Elle lui a servi de la salade d'épeautre et n'a pas daigné m'accorder un regard de tout le repas, m'interdisant de m'asseoir à table avec elles. Quand elle l'a couchée, elle m'a dit d'une voix étranglée que sortir sans prévenir était digne d'un criminel, et conduire la petite dans cet endroit abominable, digne d'un voyou. Puis elle a éclaté en sanglots qui la secouaient de la tête aux pieds. J'ai gardé le silence, incapable de lui expliquer pourquoi j'avais échoué à la ruche, au milieu de ces crapules et de cette horreur. Maddalena a continué de me menacer, de répéter que, s'ils l'apprenaient, Elisabetta et Paolo l'empêcheraient elle aussi de voir Lisa. Alors elle me quitterait pour vivre avec eux et elle ne viendrait même pas à mon enterrement. Elle prononçait ces mots en larmes et, pendant qu'elle pleurait, elle abattait ses poings sur ma poitrine sans cesser de dire qu'elle me détestait. Pendant qu'elle le répétait, je serrais le couteau enveloppé dans un linge entre mes doigts et m'efforçais de lui expliquer du regard que ce n'est pas ma faute si on n'apprend rien de la vie.

Le soir, quand Elisabetta et Paolo sont rentrés, Lisa s'est précipitée vers eux et a sauté dans les bras de son père. Elle lui a claqué sur les joues des baisers qui sonnaient comme des castagnettes. Paolo lui a demandé comment s'était passée la journée, et elle s'est exclamée de sa voix argentine : « Bien ! Papy Ninetto m'a emmenée en promenade sur son vélo et m'a raconté une longue histoire !

— Ah oui ? Et quelle histoire t'a-t-il racontée ?

— L'histoire de quand il était petit. »

Puis, pour mieux s'expliquer, elle est redescendue et a continué : « Il m'a emmenée voir où il habitait quand il avait neuf ans. C'était un horrible endroit sale, où des hommes très méchants sortaient des appartements, mais papy me tenait si fort la main que je n'avais pas peur, et je n'ai même pas pleuré ! » Elle a fait un beau saut digne d'un hip hip hip hourra.

À ces mots, j'ai senti mon cœur se déplacer dans ma poitrine, évacuer une chose qui l'obstruait depuis trop d'années et que je ne saurais nommer. Je regrette que la mort ne soit pas venue me prendre à cet instant-là, mais après qu'Elisabetta et Paolo ont emmené Lisa, peut-être pour toujours, je suis resté en vie, j'ai passé la nuit debout à chercher à travers la fenêtre de la via Jugoslavia une étoile filante, que je n'ai pas trouvée.

Note de l'auteur

Plusieurs études rapportent que le phénomène de l'émigration enfantine (d'enfants de moins de treize ans) était encore important en Italie entre 1959 et 1962, période à laquelle on enregistre le dernier pic véritablement significatif. C'étaient des enfants de familles pauvres ou très pauvres, issues principalement du Sud, qui n'avaient souvent pas la possibilité d'émigrer de conserve. Les garçons (plus rarement les fillettes) étaient alors confiés à des membres de leur famille ou des amis, voire à des connaissances. Ils avaient presque toujours pour destination les villes du triangle industriel, Turin-Milan-Gênes. Là, ils devaient aussitôt se démener pour gagner leur vie, et ils s'y employaient grâce à des travaux de fortune, trouvés tant bien que mal, naturellement payés au noir et, surtout, mal payés. Les liens qui les attachaient à leur accompagnateur restaient parfois solides, mais – en particulier quand il ne s'agissait pas de parents proches – il leur arrivait de s'effilocher. Les enfants devaient alors apprendre avec encore plus de nécessité à s'occuper d'eux-mêmes et se dépêcher de grandir. Sinon, ils risquaient de s'égarer dans la petite et moyenne criminalité, ou de devenir marginaux.

Le tournant se produisait à l'âge de quinze ans, quand nombre d'entre eux réussissaient à entrer à l'usine en qualité d'ouvriers. Cet événement marquait le début d'une vie beaucoup plus sûre qui leur offrait l'accès à une réalité structurée et bien organisée leur permettant de gagner un salaire décent et de recevoir un traitement différent de tous les travaux précédents. Une fois engagés, en l'espace de quelques années, voire de quelques mois, ils se mariaient, achetaient un logement et fondaient une famille.

Ces hommes ont aujourd'hui entre soixante et soixante-dix ans, certains travaillent encore. En les interviewant, j'ai été frappé par les récits de leur enfance : ils évoquaient une époque aussi difficile qu'aventureuse, tant elle était remplie d'imprévus et de situations rocambolesques. En revanche, leur enthousiasme s'émoussait lorsqu'ils abordaient les trente ou quarante années de travail à l'usine, souvent aux chaînes de montage. Il n'y a pas grand-chose à dire de cette période : leur vie devenait monotone, leur travail était souvent aliénant, l'atmosphère avait pour certains l'effet d'un stimulant, mais l'usine paraissait à de nombreux autres décevante, par rapport à leurs attentes, parfois naïves. Bref, sur l'enthousiasme du début s'abattait un silence gêné, souvent triste.

J'ai interviewé une quinzaine de personnes pour écrire cet ouvrage, presque toutes résidant à Milan et dans les alentours, certaines à Turin, deux à Gênes. Sans leurs témoignages et leur générosité, ce livre n'existerait pas. Pendant nos rencontres, j'ai volontairement omis de prendre des notes, de façon que leurs propos puissent résonner et se fondre librement dans mon esprit au moment de la rédaction. Leurs histoires m'ont amené à mieux connaître le Milan de cette époque et à le comparer à celui d'aujourd'hui ; à retrouver le charme d'une langue vivante qui porte l'héritage jamais refoulé du dialecte d'origine, de l'italien et de quelques exemples de parler local ; à mieux pénétrer une mémoire à la fois individuelle et collective : une mémoire tantôt minimisée, tantôt douloureuse. Enfin elles m'ont permis de donner une voix à des existences très différentes de la mienne, et pourtant très proches dans le temps, très présentes sous nos yeux. C'est à elles que cet ouvrage est dédié.

M. B.

MIXTE
Papier issu de
sources responsables
FSC® C003309

10/18, une marque d'Univers Poche,
est un éditeur qui s'engage pour
la préservation de l'environnement
et qui utilise du papier fabriqué à partir
de bois provenant de forêts gérées
de manière responsable.

10/18 – 92 avenue de France, 75013 PARIS

Imprimé en France par CPI

N° d'impression : 3038831
X06893/01